Du même auteur :

LE FESTIN DES LANTERNES, roman
BoD Publications, novembre 2018

en poésie :

EAUX DE GAMME, Le Temps Parallèle Editions, 1983 (disponible en livre numérique, aux formats pdf et e-book)

EN PIERRE D'ACHEVEMENT, Collection Polder de la revue « Décharge », 1982 (épuisé ; recueil remarqué par le jury du prix Charles VILDRAC de la Société des Gens de Lettres - SGDL)

CHEMINS SANS RIDELLES,
Editions L'Espavantau, 1979 (épuisé)

FLAQUES DECHIREES, Editions Les Paragraphes Littéraires de Paris, 1978 (épuisé)

LE VIEUX PRESSOIR

Alain Arnaud

LE VIEUX PRESSOIR

ROMAN

© 2019 Alain ARNAUD
Site Auteur : www.alain-arnaud.fr

Photos de couverture et intérieure :
Maryvonne ARNAUD

Edition : BoD - Books on Demand
12/14 rond-point des Champs Elysées
75008 Paris
Imprimé par BoD – Books on Demand,
Norderstedt, Allemagne
ISBN : 9782322035243
Dépôt légal : Mai 2019

« On ne peut plus dormir tranquille
quand on a une fois ouvert les yeux. »
Pierre Reverdy, poète - écrivain
« La lucarne ovale », 1916

« Tu tourneras désormais inlassablement
dans le cloître de ta mémoire, novice
parmi les novices, et ne connaissant
d'autre prière que le nom de celui
auquel tu demeures attachée. »
Jean-Max Tixier, poète - écrivain
« Le Capitaine d'armada »,
Roman posthume, 2019

1

La révolution de la terre est bien la plus douce des révolutions, songe Mylène. Elle vous emporte chaque nuit dans ses bras : un recours bienvenu en l'absence d'un homme. Elle pense à cela en voiture, plus ou moins concentrée sur sa conduite. Sa fille Océane est sur le siège passager. Elle sait qu'un enfant n'est que provisoirement à ses côtés. Malgré la ceinture de sécurité qui la retient, l'adolescente avance vers sa liberté d'adulte.

Ce matin d'avril 2002, la mère et la fille viennent de quitter La Rochelle. La circulation est clairsemée, les paysages apaisants. La journée de printemps s'annonce ronde et veloutée comme un fruit.

À première vue, rien ne distingue Mylène d'une autre femme à l'approche de la quarantaine, sinon sa grande taille et sa blondeur, ses courbes avantageuses qui flattent l'œil. Souvent, elle ne remarque pas les regards qui glissent sur elle, tout occupée qu'elle est à jouer sa partition solitaire sur le clavier de la mémoire. Elle fait et refait ses gammes sans se soucier des badauds ni de l'orchestration des jours. La plupart du temps, Mylène échappe à la réalité comme un enfant à la surveillance des parents. Elle s'évade dans ses souvenirs.

Après les événements de l'année passée, 2002 est une année-miroir avec son chiffrage symétrique, une année coupée en deux comme sa vie sur laquelle une guillotine serait tombée brutalement. Une année tranchante, avec un avant et un après : elle regarde souvent l'avenir dans le reflet intense de ses souvenirs. Rien à voir avec un début de folie ou un délire. Mais une situation fâcheuse ! On dirait qu'elle se dédouble parfois, et qu'une sorte de copie d'elle-même se détache et s'empare de ses actes, simplement pour montrer qu'elle existe encore et qu'elle participe.

Il arrive ainsi qu'elle perde prise, et des périodes de son vécu reviennent par vagues envahir son quotidien avec leur chapelet de joies et de souffrances mêlées. Des événements d'un passé avec l'être choisi et aimé, des jours qu'elle pensait inépuisables. Un versant de sa vie encore vivant et frémissant, imprégné de bonheur. Une époque de jouissance indicible dont elle n'avait pas mesuré alors la fragilité, le fil ténu qui la retenait.

Puis il y a le passé plus obscur, celui d'un homme avec ses plages d'ombre vécues hors de sa présence, et qu'il convient d'éclairer. Alors que le présent acerbe s'agrippe à elle et la submerge, un présent à charge qu'elle traîne, comme aujourd'hui, dans le champ contrarié de son existence !

À La Rochelle, elles ont rendu visite à la grand-mère maternelle de Mylène. Elle ne l'avait pas revue depuis plusieurs années. Une femme dure au mal qui a gardé son regard autoritaire, retranché dans un corps amaigri en passe d'accepter la défaite. A quatre-vingt-douze ans, elle a rejoint son dernier port d'attache. Une maison de retraite où la mort a déjà posé ses scellés sur les visages et les corps affaiblis des résidents. Au diable les rêves de grand large désormais ! La prochaine tempête intérieure risque d'être fatale.

Ainsi s'effondre lentement la falaise des générations, presque dans l'indifférence. Et Mylène ne veut garder de l'aïeule que son sourire éclatant et son ardeur d'autrefois.

Elle aussi est devenue mère, selon l'ordre des choses. Femme et mère, avec tout ce que cela suppose d'a priori. La tanière confortable de la maternité, entend-on murmurer sous cape. Ce qui la distingue de celles qui ont pris prétexte de leur vocation maternelle pour sombrer corps et âme dans la facilité d'un refuge douillet, c'est qu'elle est restée femme jusqu'au bout des ongles, active et désirable. Est-ce dû à la blondeur charmeuse qui enrobe son visage lisse de mannequin, à son anatomie préservée de tout écart ou à ses formes si harmonieuses ?

Il n'empêche qu'elle ressent un manque cruel de ce passé proche, tel un long regret plaintif. Elle n'avait jamais appris à devenir épouse. Comme les autres, sans doute. Elle a cru que c'était naturel, comme manger et respirer. Oui, elle aurait voulu être une meilleure épouse et peut-être que rien de tout cela ne serait arrivé.

Si personne n'échappe à son destin, dans son cas, il s'agit plutôt du dénouement injuste d'une histoire individuelle et singulière, ce qui le rend moins acceptable encore. Elle en a perdu l'étincelle qui, du briquet tout comme du couple, faisait jaillir la flamme.

Dans la réalité du moment s'affiche le panneau de Rochefort, une halte importante pour Mylène. La visite de la maison d'un écrivain admiré par son mari.

Prise dans la boucle du fleuve La Charente, la ville de Rochefort a grandi sur un damier géant, depuis l'époque ancienne où Colbert lui avait épinglé sur le flanc un arsenal de la Marine royale. Une ville aux rues tirées au cordeau et flanquée de maisons aux façades identiques, où vivaient marins et ouvriers. C'est pourtant derrière l'une d'elles que Julien Viaud, officier de marine, et l'écrivain Pierre Loti pour la postérité, a logé sa vision de l'Orient et son humanité baroque. Une bâtisse familiale, peu à peu transformée en musée à sa gloire. Comme si rien n'avait changé depuis des siècles, le fleuve s'étire docilement jusqu'à l'Atlantique. Il se frotte contre les maisons en ronronnant, se gonfle d'eau salée et revient chaque jour, avec la marée, se lover autour de la ville.

Océane, le fruit de ses entrailles, s'élance la première, d'un pas innocent et la démarche légère. Elles se joignent à une visite commentée. À son allure décontractée, on comprend qu'Océane n'est pas encombrée du passé de sa mère. L'adolescente se faufile entre les écueils décoratifs de la maison - musée. Avec sa fille en point de mire, Mylène se laisse guider.

Dans les couloirs de l'étrange musée aux allures de labyrinthe, le guide parle haut et finit par la distraire. L'écrivain a rassemblé là, dit l'homme rondelet, les pans les plus précieux de son existence voyageuse. Vous noterez, dit-il, qu'il a remodelé les volumes et l'espace intérieur de sa maison pour reconstituer ses voyages insolites dans le temps. Il a bâti un mémorial qui exalte sa mémoire, qui préserve l'âme de sa personnalité complexe et foisonnante, d'une vie ponctuée d'actes littéraires et précurseurs.

Et les visiteurs s'extasient, alors que le souffle de l'orateur faiblit au fil des marches vers les étages.

L'adolescente se retourne. Elle a la beauté de sa mère, la même longue chevelure en version brune. La fille a le regard curieux et frais, l'insouciance de la brise, pareille à la pointe d'air vif et iodé qui vient de l'océan toucher le cœur de Rochefort ; une ville sans prétention, modelée par les vents de galène. Un vent déluré à la mesure de son enthousiasme. Mais peut-il en être autrement dans la force spontanée de ses seize ans ?

L'attitude d'Océane est une bouffée d'air frais pour sa mère trop souvent retranchée dans le refuge confortable de la mémoire où elle s'active à refaire les décors, à repositionner les souvenirs et les mettre en valeur, à les rassembler tous, de crainte qu'ils ne lui échappent ou ne tombent en poussière.

Elle promène ainsi sa charge émotive dans la maison de l'écrivain. Les commentaires à la traversée des salles exotiques finissent par la détourner de sa distraction.

En ces lieux, Mylène marche à la reconquête de ses propres traces, d'une certaine vérité qui tient désormais le fil de sa vie et l'étrangle avec son avarice. Elle veut comprendre les contorsions du destin, évacuer le remords qui traîne dans ses veines. Comprendre pourquoi le bonheur s'est dérobé un jour, sans crier gare. Mais elle se sent déjà impuissante et insignifiante dans ce théâtre du monde qui ne peut être qu'un simulacre décevant de ses espérances, une apparence fumigène.

La voilà qui arpente une maison de cire, figée dans une mise en scène qui la projette vers d'autres rivages. Une résidence fantôme qui ne ressemble en rien à celle qu'elle veut bâtir en elle. Sa maison secrète des souvenirs où elle retrouvera toujours celui qu'elle aime, où elle pourra se retrancher et se pardonner un peu. Une maison simple, à l'intérieur d'elle-même. Une sorte de musée exclusivement à sa disposition, égoïstement. Et l'au-dehors, malgré les vents généreux et la plaine sans barreaux, reste pour elle une vaste geôle ; elle y est prisonnière de sa propre vie qui la pousse en avant.

Après l'immense escalier de la salle Renaissance et le salon gothique, on touche à l'âme orientale de la bâtisse, à la pointe sensible de l'écrivain. Le salon turc, ses tentures de velours et ses décors de l'époque ottomane. Une atmosphère lascive et propice à la méditation où l'exotisme vous épingle le cœur.

Puis elle atteint la mosquée tamisée de faïences bleutées sous les hautes suspensions de marbre. Au centre s'égosille en silence une fontaine emmitouflée de tapis et de nattes. Tout autour, de nombreuses présences muettes : mihrab, turbés et cénotaphe, céramiques syriennes et cierges funéraires, et même un minaret. Surprenant lieu de prière et d'élévation où la vie converse à égalité avec la mort ! Autant de conquêtes historiques amenées jusque-là par « d'honnêtes contrebandiers », selon l'aveu de Pierre Loti.

Devant une stèle garnie d'inscriptions en arabe, Mylène se fait plus attentive aux paroles du guide. Des échos en cascade grandissent en elle et remuent le passé. La stèle authentique d'Aziyadé est là, dérobée par Loti au cimetière de Topkapı, à Istanbul en 1905, en échange d'une copie.

Aziyadé, me voilà ! s'exclame Mylène en son for intérieur. La belle Circassienne, une jeune fille enlevée par Loti au harem d'un vieux commerçant, à Stamboul. Une figure passionnelle de l'écrivain, devenue un roman éponyme qui a bouleversé Julien. La haute et fine stèle de marbre charrie soudain des souvenirs de braise, et les tempes de Mylène s'échauffent. Dans les rues d'Istanbul, Julien a marché sur les pas de l'écrivain et de son amante Aziyadé peut-être même jusqu'à se perdre.

Océane est passée devant la stèle sans un battement de cil, intriguée par la débauche fétichiste et les excès religieux de la vaste mosquée : un étrange bric-à-brac oriental.

Alors que le groupe s'éloigne, sa mère se retient de battre le front contre la pierre tombale et d'imprégner sur sa peau les calligraphies qui lui rappellent un amour perdu. Tout comme Pierre Loti avait gravé le nom calligraphié d'Aziyadé sur sa poitrine, tout près du cœur. Et la devise de l'écrivain revient la hanter : « Mon mal, j'enchante. » Mais déjà sa fille impatiente la tire en avant sans ménagement.

On dirait une chambre monacale, dit Océane, étonnée par le lit de caserne et la petite table de bois sur laquelle Loti écrivait et tenait son journal. Une pièce sobre aux murs de chaux. Dans un coin, le nécessaire de toilette pour soigner un corps de dandy qui refusait les offenses de l'âge. Sur la cheminée, le crucifix côtoie un verset du Coran, témoignage des croyances entremêlées de l'écrivain. Et sur la table, sa main reproduit dans le bronze, copie fidèle des veines et des doigts fins d'où s'écoulaient les mots, tous ces déversements qui ont fait son œuvre littéraire.

Au centre de cet univers clos et austère où l'officier de marine reprenait langue avec son « fantôme d'Orient », Océane contemple la petite main de bronze tout en serrant celle de sa mère dans la sienne. C'est de là que sont venus les livres déversés en tempête dans l'esprit de Julien.

La main sculptée aurait-elle éveillé enfin sa curiosité ? Océane, imprévisible, s'intéresse tout à coup au passé aventureux et fantasque d'un homme dont, une heure plus tôt, elle ignorait tout. Elle redouble d'attention lorsque le guide retrace le parcours de l'écrivain, sur sa route éphémère de la soie et de la foi pavée de livres : autant de balises laissées en témoignage.

Après l'ultime étape de la visite guidée, mère et fille s'attardent devant les dessins de Loti et ses photos du Maghreb. Elles restent silencieuses et attentives, bien que leurs raisons de retarder le départ, leur retour au monde réel, ne soient pas les mêmes. Mais leurs regards se rejoignent dans une douce sensation de bien-être et d'évasion.

À la terrasse du Café des Longitudes, toutes deux se prélassent devant un thé. Océane rejette ses longs cheveux bruns en arrière, offrant davantage de prise au soleil en cette fin de matinée radieuse. Le fleuve court en contrebas, creusant discrètement ce pays de marais et de vent.

Les lunettes de soleil sur le front, l'adolescente a les yeux encore éblouis par les voyages imaginaires et les décors féeriques de Pierre Loti. Le sourire aux lèvres, elle dit à sa mère qu'elle envisage des vacances en Espagne cet été, avec deux amies du lycée.

Mylène se redresse légèrement sur sa chaise. Lorsqu'elles déambulent ensemble dans les rues, les regards des hommes s'attardent indifféremment sur l'une ou l'autre, sur leurs beautés parallèles : la jeune brune à la chevelure de déesse qui s'enfonce dans la nuit, et l'adulte, grande et souple sous de longues flammèches aux teintes de blé.

« Est-ce que leurs parents sont d'accord pour t'emmener en Espagne ? » Elle n'avait pas encore songé aux vacances d'été et aurait préféré un projet avec sa fille. « Il n'y aura pas de parents », répond Océane. « On ira camper entre nous. »

Alors que La Charente s'écoule avec la même nonchalance obstinée et une patience qui arrondit les angles, la sentence est brutale. « Tu n'y penses pas ? A ton âge, il n'est pas question de partir à l'aventure entre filles. Ton père n'aurait jamais accepté ça. » Dans le silence qui suit, Océane durcit la voix : « En es-tu si sûre ? »

Mylène détourne le regard vers le « jardin des retours » qui s'allonge jusqu'au liseré d'eau, en marge du grand fleuve. Un parterre de bégonias agrémente la vue freinée plus loin par la Corderie Royale, un bâtiment de près de quatre cents mètres de long.

La bâtisse en pierre, sous un toit mansardé recouvert de brisis d'ardoises et de tuiles, est bâtie sur la vase. Ses fondations reposent sur un radeau de bois. Malgré l'assise de chêne, il a fallu poser des contreforts pour retenir l'immense paquebot qui prenait de la gîte, tel un vaisseau en péril.

Elle se sent minuscule auprès d'une telle masse. Sa vie et ses certitudes si fragiles pourraient vaciller et s'enliser aussi. Comment faire face seule aux intempéries du quotidien ? Elle n'était pas préparée, trop imprégnée de réussite dans une confortable vie de couple. Elle songe aux bégonias, au jardin bien nommé où les femmes attendaient le retour des navires de guerre, l'angoisse au ventre. Maris et fiancés allaient-ils une nouvelle fois revenir ? Un jardin qui incline à la mélancolie. Et sa fille auprès d'elle rêve déjà de départ.

Face à elles, la Corderie Royale se dresse tel un paquebot immobile retenu par de puissantes amarres. Elle abrite une ancienne fabrique délaissée, aux relents de chanvre et de goudron, où les maîtres cordiers tressaient les longs fils de carets, des cordages de trois cents. Pendant des siècles, au bout de ses aussières et de ses grelins, galères, brigantins et bien d'autres vaisseaux s'en sont allés sur les mers comme de frêles marionnettes, et ont défié le mauvais temps.

Depuis ce lieu endormi, presque oublié, le chanvre aux filaments gris perle et aux reflets argentés déroulait sa toile par-dessus les océans.

C'est sur ce fleuve paisible que les frégates Hermione et Cérès, affrétées par Lafayette, se sont élancées au secours des insurgés d'Amérique du Nord.

Sur la route du retour vers Toulon, plus aucun cordage ne retient Mylène. Mais elle n'est pas libérée pour autant. Elle roule vers des lendemains incertains. Océane se tient raide sur son siège, les bras croisés. La radio leur fait la conversation.

2

En avril, les fleurs surgissent presque à l'improviste sur les pentes du Mont-Faron. Lilas, glycines et arbres de Judée hissent leurs couleurs : des couleurs chaudes, accueillantes au retour de leur bref voyage en Charente-Maritime.

La villa blanche aux volets bleus, entourée de pins et de lauriers roses, Mylène l'avait choisie. Ils étaient arrivés sous un froid mistral, en janvier de l'année dernière, pour s'installer en famille sur les hauteurs de Toulon.

Quelle étrange sensation de retrouver inchangé le lieu dans lequel ils ont vécu tous les trois. Elle se souvient du premier jour. Océane s'agrippait timidement à son père. On l'arrachait à ses amies de la région parisienne et elle ne comprenait pas le sens de son sacrifice. Malgré tout, elle ne se plaignait pas.

En ce retour printanier, Océane a mûri. Pimpante après une douche, elle annonce qu'elle sort. Ses amies l'attendent. Toujours encordée aux souvenirs glorieux de leur installation sur le pic rocheux, Mylène assiste impuissante à une sorte de mutation de sa fille qui prend son indépendance en forçant l'allure. Elle file vers sa liberté. Au diable les leçons de prudence de la Corderie Royale ! Tandis que sa mère, telle un vaisseau blond qui tangue dans le courant des jours, reste seule à déplier les affaires de voyage. Tout le décorum fleuri autour de la villa ne compense en rien l'absence.

Elle fait quelques pas sur la terrasse. La vue est dégagée sur la rade, jusqu'aux îles d'Or. Malgré la mer et ses clins d'œil, le bourdonnement de la ville maritime, le port militaire et ses navires armés, elle ne perçoit plus l'attrait miraculeux d'autrefois. Adieu l'étourdissement des sens, depuis la terrasse, lorsqu'elle se sentait protégée ! Auprès d'elle, deux épaules robustes et les bras innocents d'une enfant. Désormais, une brume persistante au fond des yeux empêche l'horizon de briller.

En séparant le courrier de l'ivraie publicitaire, une lettre manuscrite réveille soudain de vieux démons. D'une écriture fine, Noémie, la femme de Charles - dernier client de Julien -, lui tend une main secourable : Chère madame, venez me voir, je vous prie. Je comprends votre peine. J'aimerais vous parler. J'attends votre visite à votre bon vouloir.

Mylène remet la missive dans l'enveloppe et se laisse choir dans un fauteuil. Après ce qui s'est passé entre Julien et Charles, comment cette femme ose-t-elle ?

Elle relève la tête, la mâchoire crispée. Il n'y a personne avec qui partager sa colère. Autour d'elle, dans le salon familial, persistent tous les signes d'un bonheur qui s'en est allé. Ne faudrait-il pas envisager de déménager après l'année scolaire, s'interroge-t-elle ? Demander sa mutation à l'académie de Nice, se rapprocher de ses parents. Son père lui obtiendrait sans peine un poste de professeur d'histoire - géographie dans un lycée privé de la ville. À vrai dire, plus rien ne la retient ici, dans la coquille vide d'une maison d'où la passion a disparu.

Sur le mur du salon, face à son fauteuil, un tapis persan est tendu tel un pavillon. Un tapis ancien, noué par une tribu nomade. Ses couleurs jaune, ocre et rouge se fondent lentement sous l'effet de la lumière et des années. Les dessins géométriques, esquisses d'animaux et de fleurs, changent selon l'éclairage du jour et l'insistance du regard : un cadeau de Julien, ramené de Turquie. Un tapis Chiraz-Kachgaï de grande valeur au maillage fin et doux, chargé de signes et de messages patiemment tissés par des mains habiles, et qui tend devant ses yeux un écran silencieux.

Souvent, assise à cette place, elle repasse sur l'écran des scènes vécues ensemble, des moments de voyage et des images qui lui font du bien. Elle projette en secret son album intérieur, des histoires fidèles, réconfortantes, gravées à jamais.

Elle garde ainsi en elle les meilleurs moments, le sel même de leur vie de couple, des souvenirs qui s'écoulent lentement par les étiers jusqu'à cristalliser dans sa mémoire. Elle attend en silence que son passé s'accumule, comme une meule qui scintille au bout de son regard rêveur.

En femme d'honneur, elle n'a pas vu venir le mal, et il faudrait qu'elle l'enchante ! Qu'elle le glorifie pour se l'approprier et vivre en bon compagnonnage, avec seulement une douleur au cœur à amadouer. Faudrait-il pour cela faire le vide en soi ou se remplir du passé ? Le doute n'est jamais loin.

Tant d'indices lui manquent pour se rassurer et comprendre. Tous ces actes dont elle fut absente et frustrée. Il lui faut racler encore les fonds de sa mémoire, collecter les témoignages et les passages enfouis de leur vie commune.

En apparence, ils formaient un couple pareil à tant d'autres, qui ne se prêtait pas à un tel témoignage d'encre. Une vie sans histoire depuis leur rencontre sur un voilier, près de vingt ans plus tôt, lors d'une croisière. Ils étaient encore étudiants à Nice. Julien venait de perdre son père.

Depuis, ils ne s'étaient plus quittés. Le mariage, avant de suivre son mari à Paris où Océane viendrait au monde. Depuis, Mylène s'est partagée entre l'éducation de sa fille et l'enseignement au lycée.

Les pensées prises dans les mailles du tapis mural, elle revoit leur première soirée dans la villa offerte aux vents dominants, par un mois de janvier très froid : tous deux assis devant la cheminée. Le feu crépite. Leurs corps abandonnés devant l'âtre, les membres rabotés par l'air sec et glacial, ils ne disent rien, enlisés dans la fatigue du déménagement. Dans le regard fixe de Julien, une petite flamme résiste.

Ils avaient fui la région parisienne - c'est le verbe qui convient - avec l'idée de se faire oublier et de reconstruire une vie paisible dans ce Sud où leurs fibres amoureuses avaient pris racines. Elle pensait leur union invincible. Pourtant, tout est bien provisoire, accordé pour un temps, et les liens les plus forts peuvent se rompre tel un cordage de chanvre dans la tempête.

Depuis leur première soirée au coin du feu, les aiguilles du pin parasol refont chaque jour un dessin différent sur la terrasse suspendue à la montagne, mais elle est seule à le voir désormais.

Appuyée à la rambarde, elle s'abreuvait de lumière et d'envies nouvelles. Convaincue alors que rien ne pouvait arrêter la portée de ses rêves, elle les projetait bien au-delà de l'horizon visible. A cette époque, elle ne redoutait pas ce grand vide devant elle.

Souvent, elle regarde encore au loin battre la houle, une immense paupière irritée sur la mer, et le soleil à l'affût qui, après son balancement d'est en ouest, enfonce son sexe incandescent dans le premier océan venu, dans l'indifférence ; simple réflexe de reproduction rapide, sevré de sentiments. Et chacun attend la naissance du jour suivant.

Cet horizon blessé lui ressemble désormais, orphelin d'amour comme elle.

3

Il est temps de convier le passé à la rescousse, en douceur et par ses allées buissonnières. Des jours heureux et insouciants, partagés sans anicroche. En ce temps-là, ils vivent en région parisienne. Les affaires de Julien le retiennent plus longtemps qu'il ne faut à Istanbul. La négociation prolongée d'un contrat de fournitures verrières est une aubaine pour profiter de quelques jours de villégiature ensemble, en Turquie.

Mylène le rejoint à l'aéroport d'Istanbul d'où ils prennent l'avion pour Ankara, invités par une relation de l'ambassade de France. Julien ne tient pas à ce qu'ils séjournent à Istanbul, le cadre momentané de sa lutte commerciale : terrain miné, s'abstenir. À cette époque, elle ne s'en offusque pas. Plus tard, elle regrettera de n'avoir pas insisté.

Le modeste aéroport d'Esenboğa, posé sur un plateau désertique d'Anatolie, paraît sous-dimensionné pour une capitale. On met pied à terre sur le parking venté avant de rejoindre la ligne de contrôle des passeports. Parmi les bruits de réacteurs et le vent sec qui balaie le tarmac, Mylène s'étonne d'entendre autour d'elle parler sa langue, si loin du pays natal.

Une passagère française les invite à partager son taxi jusqu'en ville. C'est une familière de la capitale turque, une grande voyageuse. Ils acceptent avec plaisir. Alors que la route déploie son bitume gris, Mylène regarde avec étonnement le paysage désertique et triste alentour. Par endroits se dressent, au milieu de nulle part, des immeubles inachevés. Puis, les dômes luisants des mosquées et les minarets effilés se font denses, à l'approche de la cité.

La dame bien en chair leur sourit. Elle a le regard vif, le geste élégant et la parole courtoise. Elle pointe du doigt des maisons en bois et en tôle mal équarries, posées à flanc de colline - les « gecekondus » -, des baraques construites à la sauvette en une nuit et tolérées par l'administration. Une chance donnée aux pauvres, aux paysans du sud-est en marche vers le mirage de la ville : un geste contre la misère et l'exode rural.

La circulation se resserre à l'approche de la vie urbaine, dans un égorgement de klaxons. Les camions brinquebalants, surchargés de marchandises, prennent en étau les vieux modèles de voitures et marquent leur passage à grands coups de fumées noires, signatures illisibles de leurs pots d'échappement. Leur traînée dérive quelques instants sur l'horizon déjà saturé créant une atmosphère de nausée pour les nouveaux venus.

Çà et là, les piétons de tous âges traversent en courant devant les véhicules en rut, tel un jeu de quilles où l'on risquerait sa vie. Le chauffeur de taxi suit la règle implicite ; il ne ralentit pas. En l'absence de passages cloutés et de panneaux indicateurs, chacun va selon l'inspiration, les jambes à son cou.

On approche du centre-ville. La dame distinguée hoche la tête et chasse ces inconvénients d'un revers de main. Depuis le début, Mylène est intriguée par les grosses valises de la passagère. La dame raconte qu'elle va ainsi, de capitale en capitale, vendre des tissus aux femmes des ambassades et des milieux d'affaires, à toutes celles qui se montrent dans les cocktails et les représentations officielles, et dont il faut embellir l'apparence et flatter l'image sociale. Elles se font ensuite tailler des robes, des tuniques et des châles, et peut-être des dessous coquins.

La marchande de tissus les habille de prestige et d'apparat ; elle masque leurs dents longues et distrait leur ennui. Elle embellit leurs jours, les maquille d'hypocrisie. En somme, elle leur apporte une bouffée d'illusion dans un havre de traditions protocolaires, et une sensation de bien-être au spectacle permanent de leur vie d'expatriées.

Julien ne dit rien, sans doute encore préoccupé par la négociation qui le retient à Istanbul. Mylène lui prend la main et se serre contre lui. Elle se sent bien dans cette cavalcade incongrue du taxi jaune, appuyée à l'homme de sa vie et bercée par les paroles optimistes et flamboyantes d'une femme chic qui invente pour les autres un monde merveilleux. Une voyageuse satisfaite de son sort et convaincue de ses bienfaits, telle une guérisseuse d'âmes qui saute de ville en ville, ses valises volantes bourrées de tissus chatoyants, de velours et de satin, de tulle et de soies fines, de coton léger. Un colporteur en jupons qui essaime de par le monde des habits de fées et de princesses, du rêve ajusté sur mesure pour des créatures en mal de séduction.

Ainsi blottie contre Julien, Mylène s'abandonne, bercée par l'insolite rencontre, et ballotée entre les images de cette pointe d'Asie aux accents authentiques de misère et de simplicité, et celles d'un monde d'ambassades et d'affairisme, éblouissant de frasques et de costumes théâtraux. Elle rêve aussi, suspendue entre deux mondes tellement éloignés.

Est-ce lors de ce voyage que son mari lui a parlé pour la première fois de Pierre Loti, de sa découverte de l'écrivain français au hasard de ses balades dans la ville d'Istanbul ? Elle ne sait plus vraiment. À ce moment-là, Julien s'imprégnait de l'œuvre de l'académicien, un immortel qui repose dans la maison de ses aïeules, sur l'île d'Oléron, au fond de leur jardin privé.

Du temps où Loti vécut à Istanbul - de 1876 à 1877 -, de son propre aveu il mena « une vie qui n'avait pour règle que sa fantaisie. » Dans une époque trouble pour l'Empire ottoman proche de l'agonie, sous le règne du dernier sultan Abd-Ul-Hamid.

Entre les séances de palabres commerciales avec ses clients, Julien partait à la découverte de la mégapole turque et des méandres de son histoire, porté par les écrits de Loti, inlassable voyageur épicurien. Il marchait ainsi sur les traces de la belle Aziyadé, l'une des quatre femmes du vieux marchand Abeddin.

Dans les ruelles de Salonique, le jeune officier de marine Pierre Loti croisa pour la première fois le regard d'Aziyadé, derrière une fenêtre à moucharabieh : « deux grands yeux verts fixés sur les miens. » Lorsque le vieil homme déplace son harem à Istanbul, Loti vit une relation cachée avec la jeune Circassienne.

L'officier de la Navale avide de bravade et de conquêtes s'aventure en ville déguisé en musulman, à la rencontre de sa belle et d'autres frissons, avec la complicité de bateleurs, de portefaix et de servantes. Un homme aux désirs ardents, adepte du narguilé et rôdeur impénitent. Passeur de sentiments dévoyés, ou encore arpenteur de bouges et de cimetières, Pierre Loti ne laissait guère indifférent.

Qu'est-ce qui avait tant séduit Julien dans l'oeuvre de Loti et l'ambiance enfiévrée d'une ville rebelle qui tarde à se conformer aux usages, à la morale et aux lois ?

A l'opposé, dans son immense hamac tendu entre plusieurs collines, Ankara a la tranquillité d'une ville administrative, bien qu'elle ne sommeille que d'un œil. Julien s'y meut à l'aise. Au dîner, chez leurs hôtes de l'ambassade, il s'informe sur leur vie, arrose sa gorge sèche avec les vins rouges du pays, des vins jeunes aux noms guerriers de Yakut et Kavaklidere.

Mylène ne se lasse pas de l'écouter, de son aisance en public, et il lui semble que leurs liens se resserrent encore. Son visage d'épouse lui renvoie sa fierté d'être à ses côtés.

Lorsqu'ils explorent la ville, main dans la main, l'impression première de désordre et d'indiscipline s'estompe un peu. À deux pas du musée des civilisations anatoliennes, là où les bus de tourisme font demi-tour, commence le quartier d'Ulus, les ruelles étroites du village d'origine qui enlacent la citadelle sur les hauteurs.

Le soleil dégringole en cascade sur les toits gondolés, glisse le long des maisons de torchis et de pierre mal taillée. La richesse du quartier ancien n'est pas visible à tous ; elle est concentrée dans le regard des gens, dans leur sens aigu de l'hospitalité.

Au fil des boutiques transpirent aussi les trésors anciens et la pure laine des tapis noués. Leurs motifs vantent le bonheur et la fertilité. Dans les rues délabrées, même la poussière de l'air semble chargée d'ivresse et de joie. Mylène peut contempler l'image rayonnante de leur couple dans les vitrines et dans le regard généreux des habitants.

Ankara, autrefois modeste bourgade d'Anatolie défendue par la citadelle, est devenue, pour l'occasion, le théâtre ambulant de leur bien-être.

Julien évoque son ancien nom : Angora, dérivé de l'élevage de chèvres et de la filature du mohair, avant que Mustafa Kemal, le père des Turcs, n'élève la ville au rang de capitale, à l'avènement de la République laïque de Turquie, en 1923.

Depuis la terrasse panoramique du restaurant où ils vont combler leur faim, dans la vieille ville-citadelle, Mylène contemple les collines d'en face aux habitations modernes. Les cangals – des chiens sauvages, descendants des loups – y viennent encore rôder dans les rues désertes, les soirs de grand froid, en quête de nourriture. Dans un angle du promontoire, une petite tour de pierre domine les remparts, vestige du christianisme et victime oubliée de la guerre des religions.

L'hôtelier turc leur fait signe d'emprunter le petit escalier qui mène à l'étage de la tour. Sous la voûte pend une cloche de bronze ternie, privée de son battant. Une cloche à l'abandon, qui ne peut plus se défendre contre les minarets et les muezzins.

Assis l'un près de l'autre sur la pierre froide, ils dégustent le thé dans ce perchoir isolé et calme, aux ouvertures discrètes sur la ville. Au-dessus de leurs têtes sommeille la cloche muette, mise en quarantaine, avec son œil borgne.

Comment ne pas songer au destin fragile des choses et des êtres ? Est-ce par pure ignorance du malheur ou de la solitude que l'on ne mesure pas la richesse de l'instant vécu en harmonie avec quelqu'un, et que l'on accepte sa présence comme si elle allait de soi ?

Ils s'attardent longtemps sous la coiffe religieuse privée des battements de la foi, tandis que la vie s'écoule dans les ruelles alentour, insouciante et hardie. Tous deux immobiles dans une étrange contemplation d'ascètes, tandis que le témoin de bronze bâillonné qui les recouvre a déjà rejoint le silence éternel des anges.

4

Le visage poupin sous des cheveux bouclés, l'allure modeste et le regard déformé par d'épaisses lunettes, René fait figure de patron atypique, dans son entreprise Découverre installée aux abords de Toulon.

Il est au courant des déboires de Julien avec son employeur parisien, une grande société de produits verriers. Il décide malgré tout de l'embaucher. Pourquoi se priver d'un cadre talentueux de quarante-et-un ans formé à la même école que lui ? Il en fait même son bras droit. C'est par ce biais inattendu que Julien revient dans sa région natale, au hasard d'une opportunité, avec le titre de directeur commercial. Sa famille s'installe dans le décor dépouillé du Mont-Faron choisi par Mylène.

Au bureau, le nouvel employé n'est séparé du patron que par une salle d'attente. Il s'est résigné à des jours meilleurs sous sa nouvelle bannière, une modeste entreprise qui transforme le verre en éléments décoratifs et embellit la vie de ses clients. Devant lui, la photo encadrée de Mylène et Océane lui rappelle la raison essentielle de son sacrifice, tandis que dans la nef aux allures de cathédrale et les ateliers tout autour, une trentaine de personnes pétrit chaque jour la matière et fait des miracles. Ces magiciens raniment la silice et lui donnent la dimension du rêve.

Le hall d'accueil et d'exposition constitue un théâtre vivant où se révèlent leurs créations. Le verre dans tous ses états capte la lumière, contamine ceux qui l'approchent. On a envie de le toucher, de le traverser, de se pénétrer de sa consistance invisible. Il traverse les yeux pour atteindre le cœur et les sensations du beau, la plénitude des sens. Il est source naturelle de joie et d'inspiration.

On dirait que la lumière ainsi dominée devient nourriture de l'âme et du corps, avec sa douceur maternelle. Elle inspire le désir des uns, réconforte les autres, fait pétiller les regards. Elle s'impose telle une deuxième peau, malléable et bienfaisante.

5

Un jour radieux de mai, le soleil est au plus haut lorsque les trois hommes s'assoient à la terrasse du restaurant. Autour d'eux, un parterre de fleurs et quelques arbres bas. Derrière la haie, la mer et ses battements discrets, et les frôlements du vent. Julien est en bout de table, entre son patron René et Charles, leur client. Il est parmi eux et ailleurs à la fois, les yeux écarquillés. Au fond du jardin se dresse, face à lui, un vieux pressoir à vin, aux ridelles en bois gainées d'acier, qui soudain dégorge par les saignées entre les lattes de bois un jus nouveau et puissant. Tandis que le plateau circulaire canalise le précieux nectar, le vestige abandonné déverse un flot silencieux, en cascade, qui disparaît aussi vite qu'il est apparu.

Dans sa vision émerveillée, Julien guette le cliquetis de la barre de serrage qui, d'ordinaire, déplace les tapis de presse et fait éclater les grains repus de jus et de soleil. Mais rien ne bouge. Le pressoir est de nouveau figé dans la torpeur de midi et les rides du temps.

C'est pourtant un ruissellement féerique et familier qu'il a vu surgir du pressoir alangui entre deux mûriers et qui l'a ébloui un instant, un bruit qui a rempli son crâne d'une rumeur ancienne, dans l'intimité du jardin.

Il se tient coi en bout de table, se frotte les yeux. Un bras se lève devant lui, un verre de whisky à la main. La voix de René enraye ce silence irréel, gommant l'apparition : « Julien, est-ce que tu trinques avec nous ? Il s'agit tout de même de ton succès. » La tête ronde comme un ballon et affublé d'un sourire pincé, Charles l'imite et lève son verre au bout de sa grosse main, et un triple tintement de cristal s'élève vers le ciel. Julien avale une gorgée qui traîne longtemps dans son gosier, comme pour rivaliser avec la cascade éphémère.

Le vieux pressoir s'est de nouveau retiré dans l'ombre des mûriers, sous ses lattes écaillées, brûlées de soleil et de vent marin, victime décadente d'une époque révolue. Le témoin mesure son éloignement désormais d'une enfance bordée de vignes qu'il n'avait jamais cherché à faire revivre, d'une mémoire qu'il croyait effacée.

« Monsieur Charles, nous sommes flattés d'avoir été choisis », dit René, le torse gonflé d'orgueil. « Julien est l'artisan de ce contrat. Et votre villa sur les hauteurs de la presqu'île sera notre fierté. »

Les paroles polies du patron glissent sans effet sur le directeur commercial. Après son hallucination, la chaleur de l'air et les effluves d'alcool brouillent un peu sa conscience.

La serveuse prend la commande. Elle se penche sur les verres vides. Le front en sueur, Charles esquisse un sourire pendant que son regard dérive vers la poitrine généreuse de la jeune femme, qui déborde du chemisier. Sa fontaine de chair suspendue étouffe quelques instants la conversation.

D'un geste ample, le marchand de biens chasse une mouche sur son nez et reprend la conversation. Son corps massif impressionne Julien. Un corps gras sur lequel glisse toute analyse sensée. Que penser de la villa luxueuse qu'il fait bâtir au sommet de la presqu'île - un sémaphore de prestige -, sinon qu'elle est une aubaine pour l'entreprise de décoration ?

L'homme tourne vers lui son cou de taureau et l'interpelle : « comment se fait-il qu'un cadre de votre gabarit vienne se perdre dans notre région ? C'est un territoire de retraités ! À ce qu'on m'a dit, vous exerciez de hautes fonctions dans une grande entreprise internationale. Vous êtes trop jeune pour renoncer à faire carrière ! »

Les paroles ont fusé entre des lèvres à demi closes. René retient une protestation, puis détourne le regard vers la serveuse qui s'éloigne en remuant les hanches, tandis que l'alcool trace des rougeurs sur ses joues.

Un léger vent d'est incline la haie de roseaux qui protège les marais voisins. Sur l'avant s'ouvre la plage, presque déserte à cette heure. Tout-à-coup, des taches recouvrent la table. Des ombres en mouvement. Julien lève les yeux vers les battements d'ailes minuscules contre l'enclume du ciel. Un vol de flamants roses regagne les marais salants, tandis que les trois hommes patientent devant leur destin gastronomique et que le pressoir se laisse ronger par l'ombre du jardin. Un pressoir éreinté par l'effort et la charge qu'il vient de remettre sur ses vieilles planches engourdies. Sans doute un dernier sursaut de son long passé au service de la vigne. La scène fugitive et inattendue avait surpris Julien.

Il songe alors à son père disparu, une vingtaine d'années plus tôt, écrasé par son tracteur alors qu'il labourait les vignes. Il pense à la précarité de l'existence, au rôle qui incombe à chacun. Il pense au froid de l'hiver qui fendille peu à peu les ridelles épuisées du vieux pressoir, et aux jours de pluie, lorsque la rouille coule du plateau épais où jouait autrefois le jus de raisin de la vendange nouvelle, au moût qui ruisselait de sa cage à claire-voie. Il pense à la fragilité et au provisoire de chaque chose qui fait que l'on en parle ensuite au passé, souvent avec regret ou nostalgie.

Car Julien est de ce pays de vignobles et de collines alanguies. Il en a gardé la rondeur des gestes, le calme un peu secret. Dans son œil instruit subsistent des reflets fossiles de garrigue et de vigne. À chaque vendange, l'odeur sucrée du raisin reviendra effleurer la terrasse de la villa blanche accrochée aux pentes calcaires du Mont Faron où niche sa famille et bercer ses naseaux.

Comment oublier une pratique d'antan que Julien aimait conter à sa fille, alors toute petite ? Lui-même n'avait qu'une douzaine d'années lorsque, contre un peu de monnaie, il frottait les fûts de chêne dans les caves obscures.

Le buste mince en vrille, il glissait une épaule après l'autre par l'ouverture au bas du tonneau.

À l'intérieur régnait un silence épais, étourdissant. Enfermé dans une cavité où chaque bruit grandissait jusqu'à la dimension d'un éboulement, de toutes ses forces il frottait le ventre du tonneau avec un simple balai de bruyère. Prisonnier des odeurs de moisi et de gros vin, le monde se réduisait à une paroi circulaire recouverte de tartre rouge vif, à l'infini.

Eclairé faiblement par une lampe baladeuse suspendue à l'ouverture supérieure, il luttait contre une paroi sans fin, infranchissable. Un ventre qui l'engloutissait vivant. Le dos courbé, il frottait encore et encore pour réduire le tartre, une peau dure et granuleuse que le vin avait formée avec patience, avant de fuir ailleurs. Julien se débattait pour ne pas couler, et pour border le lit de la future récolte, peut-être aussi pour s'évader un moment de l'existence.

La qualité du prochain millésime dépendait un peu de son acharnement invisible aux autres. Mais le muscle cristallin était tenace. Les sédiments avaient durci. L'eau de rinçage jetée par-dessus sa tête lui retombait sur le visage, glissait le long du cou et des bras, puis sous les vêtements. Avec la paroi humide, ils ne faisaient plus qu'un. Et tandis que sa silhouette combattante se projetait sur l'écran rouge enroulé, une langue géante léchait sa peau tendre. Il était jeune et fougueux, berné par les odeurs épaisses. Seul dans les entrailles du tonneau, il n'avait pas conscience de creuser la matrice sur laquelle on aurait pu distinguer les grandes lignes de sa destinée.

6

À la villa sur les coteaux du Mont-Faron, par un après-midi calme d'avril 2002, le soleil décline lentement vers l'ouest et recouvre les toits d'une lueur orangée à force de se mélanger aux tuiles provençales. Mylène revient des courses. Elle a déjà l'esprit à la rentrée scolaire proche.

Une moto noire est stationnée devant la porte du garage, et le soleil rallonge son ombre dérangeante. Elle n'attendait personne. Toutes sortes d'idées circulent alors dans sa tête. Elle a laissé sa fille seule. Elle réalise la vulnérabilité d'un foyer sans homme. Il ne reste plus que quelques jours de vacances à Océane qui somnolait en partant. Quelqu'un s'est introduit dans la villa. L'angoisse monte sur le pas de tir de la réalité, face à cette cible fixe et non identifiée.

Mylène abandonne ses achats dans la voiture, et s'avance vers la porte du garage. Elle revient à la hâte noter l'immatriculation de la moto, sage précaution, se dit-elle. D'un coup de reins, elle s'élance dans l'escalier intérieur à grand tapage. Ballotée entre la peur et l'urgence, elle ne sait pas encore comment s'y prendre.

Aucun bruit dans le salon. Elle appelle, marche vers la chambre de sa fille dont la porte s'ouvre tout à coup. Un garçon en sort, un casque à la main. Il lui sourit, lui fait un signe de tête, rajuste son pull et se dirige calmement vers la porte. Il a une vingtaine d'années, une dégaine fière. Un beau garçon brun, un homme plutôt. Au revoir, dit-il en s'éloignant. Quel culot ! À son passage, Mylène reste figée.

Océane est dans sa chambre, parmi un léger désordre. Assise devant le miroir, vêtue d'un tee-shirt et d'un short, elle se recoiffe tranquillement. Une impression de négligé flotte sur sa tenue. Elle pivote légèrement et adresse à sa mère un sourire complice : un copain, dit-elle, en haussant les épaules pour clore la présentation.

Dans son dos, le lit est défait. Parfois, il reste plusieurs jours en jachère, les vêtements en pétales disséminées. Il lui avait pourtant semblé qu'il était en ordre en partant.

Posée dans l'entrebâillement de la porte, elle est soulagée et sans voix, révoltée aussi. L'indifférence de sa fille ressemble à une provocation. Elle ne veut pas croire à ce qui aurait pu se passer dans ces draps. Ce n'est pas possible. Océane n'est qu'une enfant, leur enfant chérie.

Elle retourne à sa voiture. La puissante moto s'éloigne dans un déchirement sonore. Un coup de faux dans sa sérénité ! Un inconnu serait venu souiller l'adolescente encore si jeune, piétiner son foyer et leur intimité, et il disparaîtrait ainsi à sa guise, sans explication et sans excuses. Elle ne peut y croire. Qui est ce garçon trop mûr pour Océane ? Et que s'est-il vraiment passé dans sa chambre cet après-midi ? Sa fille lui en dira davantage sans doute. Mylène renonce pour le moment à l'interroger, au risque de la braquer. Mutisme assuré. Son impatience s'éloigne un peu.

Elle range les produits frais dans le réfrigérateur, le reste dans les placards, à grands gestes brusques, cependant qu'Océane écoute de la musique dans sa chambre comme si de rien n'était. Elle s'accorde une douche froide. Puis un peignoir jeté sur sa nudité, elle se sert un Américano qu'elle va boire seule sur la terrasse.

Le vent joue dans les feuillages excités comme une nuée d'oiseaux. La mer commence à remuer tel un grand drap sur les ébats d'un couple. Elle se souvient de la douceur de fin de journée sous les pins, autrefois si rassurante lorsqu'elle attendait Julien, à son retour du bureau. Le bruit de sa voiture dans les derniers virages. Leur dîner dans la quiétude du soir, puis l'attente d'une étreinte, une fois leur fille endormie.

Appuyée à la rambarde, après quelques gorgées d'alcool, la tension se relâche autour des yeux, et son visage s'adoucit. L'horizon est tendre comme un appel amoureux. Le soleil est dans son approche de prédateur, rougeoyant, prêt à saillir. Un soleil lubrique qui poinçonne la matrice, pilonne l'humanité jusqu'en ses intimes replis. Elle imagine tous ces échauffements inutiles de la matière. À la longue, pôles et glaciers se craquèlent, et même l'amour fout le camp.

Perdue dans ses pensées titubantes, elle ressent les étranges vibrations de la terre en rut. Et quelque chose remue sous le tissu de son peignoir. Une légère brûlure au bas du ventre. Ses seins durcissent. Une envie longtemps contenue, en état de soulèvement ; sensation sublime pour un corps de femme en sommeil. Sans doute l'invitation du printemps et ses coulures de sève. Le barrissement des sens sous sa peau nue.

Ah ! le temps des odyssées câlines avec Julien, de variations buccales en clapotis harmonieux des hanches. Leur traversée assoiffée de l'amour que son inconscient garde précieusement dans sa gourde. Maintenant, reste le goutte-à-goutte douloureux sur sa plaie ouverte.

Elle se souvient de sa première fois. Elle avait dépassé l'âge d'Océane, dix-huit ans peut-être, et vivait encore chez ses parents à Nice. Est-ce une tradition chez les notaires ? Un père très strict sur les relations entre les sexes. « Une fille honnête doit rester vierge jusqu'au mariage », lui martelait-il. « L'acte écrit précède l'acte de chair. » Elle hochait la tête pour lui faire plaisir, et songeait aux séducteurs qui rôdaient déjà autour d'elle et tentaient de lui faire franchir les limites circoncises du flirt, et de s'affranchir des règles imposées par la religion et la bienséance dès le plus jeune âge.

Grande blonde aux yeux noisette, elle rêvait d'être mannequin, de rencontrer le grand amour comme dans les films romantiques. Elle aurait ressemblé à ces femmes à paillettes, sur la promenade et les plages privées, qui déambulent sous les regards admiratifs puis disparaissent dans les grands hôtels d'un pas magique, dans un balancement contrôlé du buste. À cet âge, elle aimait plaire et jouer un rôle. Par jeu, elle s'adonnait au théâtre.

À la fin d'un spectacle où elle tient un petit rôle, la troupe se retrouve attablée dans un restaurant du bord de mer. Mylène est assise auprès du metteur en scène professionnel venu soutenir la troupe d'amateurs. Il est plus âgé qu'elle, grand et félin, époustouflant de culture. Son regard noir pénètre l'âme encore dans sa vulve et remue les chairs de la jeune comédienne intimidée. Il la félicite pour son jeu. Il habite Nice, travaille à Paris, et il tient un discours bohème. Il va de pièce en pièce, d'un auteur à l'autre, butineur enfiévré et chaque fois orphelin. Mais un orphelin glorieux, comblé par le succès !

Dans le chahut du départ, son regard énigmatique se pose sur elle ; il offre de la raccompagner. Elle est flattée, encore dans l'ambiance grisante du repas, un moment d'abandon après le stress de la scène. Elle se sent bien dans le fauteuil de cuir d'une grosse voiture allemande. Il lui tend une cigarette. Elle n'ose pas refuser. La fumée lui picote les narines et les yeux. Dans les volutes du tabac et le confort de la nuit, elle est actrice et femme, considérée. Les joues en feu, elle exagère son jeu.

Pourquoi ne pas continuer la discussion autour d'un verre ? suggère-t-il. Il l'emmène jusqu'à son duplex, lui prépare un cocktail. Sur les murs, des photos de comédiennes célèbres, saisies dans leur beauté. Ravissement garanti. Coup de tabac sur sa vie ! Dans quel monde est-elle en train de basculer, presque par inadvertance ?

Assis côte à côte sur le sofa, dans l'éclairage intime du salon où grandit la voix grave d'un chanteur, il lui montre les photos de sa dernière pièce. Ray Charles chante pour eux : « It hurts to be in love. » L'amour toujours, et ses blessures ! Les yeux clos du chanteur, sa voix qui tourbillonne du plus profond de sa nuit éternelle, cependant que leurs mains se frôlent à la surface de l'album. Mylène décuplée ! Mylène en route pour la planète aventure ! Leurs doigts se chevauchent soudain lorsqu'ils s'arrêtent sur le cliché d'un magistral baiser de théâtre. Est-ce une simple maladresse lorsque l'album de photos lui glisse des mains ? Dans la pénombre, le pianiste pousse un long soupir. Elle bascule lentement sur le sofa, adroitement guidée par son metteur en scène. Ses lèvres recouvertes par le chuchotement silencieux d'une bouche masculine qui épouse leur contour délicat. Un long frémissement d'aise, et soudain la chaleur d'un corps fiévreux installé sur elle. Il y a du feu et de la douceur dans cette scène improvisée, qu'elle aurait pu anticiper. Mais elle sombre dans un rêve tandis que deux mains expertes charment sa peau et filent sous sa jupe, dépassent en intensité l'écho du chanteur de blues.

Avec deux doigts, l'homme écarte délicatement la barrière de soie en son passage le plus étroit, comme on soulève le coin d'un rideau de théâtre. Ce qu'il découvre trahit une attente ; un geyser de désirs ! les doigts au toucher délicat s'attardent sur les contours humides : la marée et ses déferlantes. Tout à coup, il lui susurre à l'oreille : si tu veux rester vierge, on peut faire autrement. Elle fait un brusque signe négatif de la tête. Alors, le metteur en scène se glisse dans le costume de l'acteur viril. Et il s'impose brutalement en elle.

Elle n'a pas senti la déchirure, seulement le balancement de deux corps pendulaires. Un balancement qui la transporte dans un monde ignoré, un univers de couleurs arc-en-ciel et de jouissance, de velours et de griserie. Ce sexe pèlerin qu'elle n'a pas eu le temps de voir ni de toucher la pilote et la soulève, la hisse vers un plaisir qu'elle ne soupçonnait pas. L'avantage d'être déflorée par un maître qui fait de vous une virtuose dès le premier essai.

Hélas ! Il n'y aura pas d'autres fois. Malgré la promesse de se revoir dès le lendemain, elle reste sans nouvelle de l'homme qui lui a fait franchir le seuil de la richesse que l'on porte en soi, qui l'a projetée très haut sur la scène de l'émotion.

Quelques jours plus tard, elle réussit à le joindre au téléphone. Elle n'en peut plus d'attendre. Il est chez lui, à Nice. Palpitations immédiates dans tout le corps. Elle entend sa voix suave et captivante contre son oreille. Elle revoit le sofa souple, le glissement et la précision de ses doigts dans un rôle où il excelle. Le bercement haletant de leurs corps. Je viens tout de suite, dit-elle avec force. Un silence, puis l'amant mystérieux brise d'un coup sa carrière naissante. Ce n'est pas possible aujourd'hui, répond-il, ma femme est là.

Parfois, à la fin de la représentation un personnage meurt ou disparaît à jamais. Mylène aurait voulu être projetée dans ce rôle, anéantie sur le coup, avant même de raccrocher le téléphone.

Elle s'était juré aussitôt de ne plus jamais s'allonger sans méfiance et sans amour réciproque, ce qui rendit rares ces moments où elle se donnait. Jusqu'à son histoire ancrée dans la passion, entre ciel et mer, avec Julien. Dans la cabine chahutée d'un voilier, pendant que d'autres tenaient le cap et que le vent durcissait, deux êtres surfaient l'un sur l'autre, au rythme exalté des vagues. Une sorte de cavalcade fusionnelle pour une traversée sans retour.

Ensuite, il y eut l'enchaînement naturel : les études à finir, le mariage, leur vie en banlieue parisienne pour la carrière de Julien, la naissance d'Océane, enfin le retour dans le Sud qu'elle pensait salutaire pour son couple. Jusqu'à la rencontre décisive avec Charles, client insaisissable et sournois. Ses petits yeux noirs tapis sous la graisse des joues, toujours aux aguets. Sa manière de regarder les femmes en remuant ses lèvres baveuses comme s'il les dégustait à distance, et goûtait déjà leur saveur.

7

Tout n'est qu'ombre et lumière, toujours. Dualité ou rivalité que le temps entretient au lieu d'apaiser, et à laquelle chacun peut donner un sens.

Un simple clignement d'yeux suffit à Mylène pour basculer d'un monde à l'autre. Elle se replie sous les paupières, dans son univers d'ombre et d'intimité. Après l'éclipse soudaine du bonheur, elle jette un peu plus de cette lumière intérieure et tamisée sur leur voyage au cœur de l'Anatolie centrale, à la jonction du bon et du mauvais où leur couple s'est peut-être fissuré.

Elle rejoint les instants de fusion vécus dans l'insouciance d'alors, s'interroge sur leur fugacité et leur signification, sur leur valeur d'héritage. Elle va jusqu'à abuser des projections privées, sur son écran de laine.

Que peut-elle encore dénouer a posteriori du comportement de Julien ? Des soupçons la tourmentent parfois. Etait-elle toujours l'inspiratrice de ses jours, sa seule étoile, son Aziyadé ? Elle aime pourtant se souvenir de leur complicité voyageuse qu'éraille un peu le rappel d'un mirage diviseur.

Ainsi renaît leur dernier grand voyage en amoureux, en Anatolie, sur la route tendue entre Ankara et la Cappadoce où survivent encore quelques reliques de caravansérails, les vestiges d'une époque où la soie cheminait à dos de chameaux, le long des plateaux désertiques. Une route sinueuse et déformée où les camions aux chargements de fortune roulent désormais à fond, creusant davantage les steppes arides.

Julien est au volant. Elle tient la carte routière. En pleine dépression centrale, sur un panneau métallique criblé de plombs de chasse, apparaît le nom : « Tuz Gülü », le grand lac salé. Un lieu unique où l'eau vient au secours du désert. Et surgit au détour d'une courbe un immense lac, tendu comme une toile réfléchissante ; une mer morte qui agite ses fantômes. Le conducteur ralentit. Leurs deux têtes se penchent vers l'avant.

Sur leur flanc droit, un territoire d'eau illimité est pris dans une brume crépusculaire. Une bouche muette surgie du néant, et sur ses lèvres, un dépôt aux teintes rougeâtres. Un bandeau de sel déposé par le soleil. La mâchoire de géant happe le regard ébloui de ceux qui passent à sa portée.

Sur le coup, Mylène frissonne. D'un geste détendu enfin, elle montre un point sombre au milieu du lac, et avance une explication : « on dirait un navire ». Les eaux sont calmes, immobiles. Julien ralentit et fronce le sourcil : « je penche pour un îlot », dit-il. Ils longent le lac. Le point ne bouge pas. Ils ne disent rien. Puis se dessine une sorte de quai qui semble s'enfoncer très loin dans ce mirage flottant, jusqu'à sa fusion avec le gris du ciel. Elle croit voir soudain danser deux silhouettes humaines à l'extrémité du quai ; deux ombres claires, agiles comme des feux follets. Elle songe au reflet de leur propre couple, mais un doute s'instille. Pourrait-il s'agir d'elle avec un autre homme, ou de Julien avec une autre femme ? Elle se tourne vers lui. Il regarde dans la même direction, et son visage exprime un sourire intérieur, des pensées secrètes.

Désormais, ils roulent lentement et chacun surveille les mystérieuses taches incrustées sur l'horizon, guette la réaction de l'autre et attend que la vérité s'impose au détour de la route. Elle résistera pourtant. La nature a brouillé les pistes en mélangeant le ciel et la terre, la lumière et les reflets des eaux, et tous ces mystères vécus ensemble s'ajoutent aux miracles d'une vie à deux.

Chemin faisant, elle se demande pourquoi ils n'ont pas toujours la même vision, la même interprétation dans le regard. Pourquoi ce désaccord lorsqu'il s'agit d'interpréter une carte routière et les points cardinaux ? Pourquoi ne voient-ils pas d'un même œil après tant d'années à regarder les mêmes choses ? se dit-elle. Mais cette fois, elle est persuadée que sa vision est la bonne, et que sa perspicacité l'emportera.

Au loin, sur ce lac infini, se dessine enfin plus nettement une longue jetée de bois qui s'avance sur la surface étale. Un ponton désert, fantomatique. Ni bateau, ni âme qui vive alentour.

Voilà que la route s'éloigne du lac et sa clôture de sel disparaît. Julien accélère cependant que Mylène fouille toujours l'horizon brumeux. On aperçoit un village isolé très loin, sur la gauche. Puis le lac revient furtivement à leur rencontre avec sa chape de gris et de mystification. Le point sombre a disparu depuis longtemps, les silhouettes dans le révélateur de la brume aussi.

Peu à peu, la croûte de sel s'amincit et les eaux se retirent de nouveau. Ils ne sauront jamais la vérité, ni qui avait raison. Les réponses leur échappent et leur horizon brouillé conserve ses nuages d'interrogations et de divergences. Aucun n'ose émettre un avis, et ils éclatent de rire.

Elle croise le large sourire de Julien qui lui est cette fois destiné, et elle l'embrasse sur la joue. Ils ont été bernés, mais rien ne remplace le bonheur indivisible de ces instants de partage, lorsque leurs pensées s'entrechoquent.

Le reste n'est que mirage qui file entre leurs doigts : de vagues supputations sur les jours à vaincre et leurs concrétions imprévisibles.

8

À l'époque, Julien n'avait rien caché à sa femme du vieux pressoir qui s'était remis en marche sous les mûriers, pendant le déjeuner de travail. Il avait cru à un échange fantasque et discret avec le matériel réformé en quête de distraction. Mais quelqu'un guettait : « je vois que cette pièce de musée vous évoque des souvenirs », avait dit Charles en levant le menton vers les arbres. Il avait ajouté, retenant à peine un rire gras : « la vigne fera toujours rêver. Et, quoi qu'on dise, le vin est le plus fidèle compagnon de l'homme. »

La tournure du déjeuner échappait à René. Il ouvrait de grands yeux derrière ses verres à double foyer. Plutôt visionnaire et habile en affaires, il saisissait moins bien la subtilité des sentiments humains surgis du tréfonds de l'être, les remugles de l'enfance ou relents de nostalgie : la complexité propre à chaque individu.

Julien était confus. Son hallucination intime avait détourné sur lui le cours de la conversation. Toujours est-il que le déjeuner sur la terrasse fut le révélateur d'une attirance commune pour la vigne et son nectar.

Un marchand de biens énigmatique lui faisait face et l'intriguait. Il formait un étrange couple avec Noémie, sa douce épouse résignée. Leurs enfants - Albin et Sylviane – vivaient éloignés du domaine viticole familial situé à une demi-heure de route, à l'intérieur des terres, lui avait dit l'homme. « Je fais mon vin. Vous viendrez le goûter. »

Il n'aurait jamais dû, songe Mylène en rangeant la lettre de Noémie trouvée à son retour de La Rochelle. Elle la glisse dans le secrétaire en chêne où de nombreux documents de Julien sont restés en l'état. Des archives qu'elle n'ose pas fouiller, de crainte d'une mauvaise découverte. Une lettre ou une adresse de femme, un signe de trahison qui viendrait ternir leur passé préservé intact. Redoute-t-elle le syndrome d'Aziyadé, d'amours clandestines ? À ce moment, l'ignorance et le doute tiennent encore la vérité à distance.

Sa main hésitante extrait d'une étagère un plan d'architecte tout froissé. Elle le déplie et paraît une vaste maison en coupe. Le papier terni est surchargé d'annotations de Julien. Il porte par endroits des points d'interrogation. C'est son dernier projet mené à terme. Les marques de sa main hargneuse montrent qu'il a bataillé sur l'ouvrage, à parfaire la villa de Charles posée au sommet de la presqu'île comme un écrin. Mylène caresse le papier qui a gardé les traces de doigts de l'être cher, peut-être même son odeur. Elle le porte à ses lèvres. Le papier se contorsionne. Mais la peau rêche et ridée n'exprime plus rien. Davantage de clarté viendra bientôt, avec une épaisse lettre anonyme glissée dans sa boîte, des feuillets dactylographiés qui retracent un passé, jusque-là vécu par procuration, que Julien lui ramenait par bribes de ses voyages et de ses rencontres, remâché et affiné par sa bouche.

Avec ce plan, lorsqu'il arrive sur le chantier ce jour-là, les couvreurs sont à la tâche. Une ombre protectrice viendra coiffer la grande coquille vide à laquelle verre et lumière donneront bientôt vie et couleurs.

Depuis l'étage, la vue embrasse les îles et la mer au sud, et l'immense plaine adossée aux collines sur le versant nord. Une telle vigie panoramique attise le vertige. Posté au-dessus de la mêlée, on se laisse envahir par un sentiment de domination, de supériorité conquérante. Une tour carrée s'élève encore plus haut, bientôt fermée par des vitrages teintés, à l'épreuve des balles.

Alors que le technicien, le cahier des charges ouvert, vérifie la conformité du gros œuvre, Julien déploie les plans et arpente les couloirs de la villa sémaphore. Une bâtisse où le verre aura la part belle. En harmonie avec le paysage qu'il devra refléter sans le déformer ni le trahir, et mettre en valeur le corps de la villa comme ces bijoux singuliers qui embellissent les femmes. Pour cette construction de prestige, il devient architecte de la lumière et de la magnificence ! On parlera alors dans les chaumières du joyau perché sur la presqu'île, on viendra l'admirer, et les compliments rejailliront sur l'entreprise, et peut-être sur lui.

Un léger vent courbe les cimes des arbres alentour, tel un hommage appuyé, tandis que le ciel s'obscurcit au loin, sur le cap Bénat et le rocher de Brégançon. Dans le lointain, la résidence présidentielle fronce le sourcil : elle regarde d'un mauvais œil s'élever aussi haut une forteresse concurrente.

Mais chaque fois que Julien se penche sur la liasse de plans, il ressent une satisfaction voilée d'un léger malaise. L'honneur de réaliser un contrat ambitieux, une sorte de chef d'œuvre à la gloire du verre, est contrarié par l'étrange sensation d'une opération malsaine dont il se rendrait complice. Une sorte de pressentiment qu'il ne sait pas expliquer, car quelque chose le chagrine. Qu'est-ce qui peut bien pousser Charles, si discret dans ses affaires, à s'exhiber tout à coup dans un projet démesuré et à dresser aussi haut le drapeau de sa réussite, à s'exposer aux jalousies dans cette pyramide de verre aux multiples facettes ?

Un vaste espace de bureaux tiendra dans une aile du rez-de-chaussée, une pièce à géométrie variable partagée par des cloisons en verre. Les cristaux liquides mêlés à la silice rendront chaque cloison opaque ou transparente, au gré d'un champ électrique commandé à distance.

Le verre sera omniprésent dans tous les lieux de vie ! Baignoires et mobilier en verre, miroirs gravés et luminaires, portes et vitraux. Sur la terrasse couverte à l'étage, un grand jacuzzi en verre bleuté, bombé et façonné à la main.

Le coquillage bleu s'ouvrira face à la mer, par de larges baies vitrées où le soleil viendra se nicher comme une perle auréolée d'embruns. Mais la merveille du lieu magique sera une pyramide en verrière, posée sur le toit de la terrasse, au-dessus du jacuzzi vers lequel elle va focaliser la lumière irisée du ciel. Avec des scènes de Bacchus - Dieu romain du vin et de la vigne - gravées sur ses facettes. Autour de lui danseront des femmes grappes, des femmes souples comme des lianes, légères comme des feuilles. Leurs mouvements gracieux et leurs reflets seront alors recopiés sur l'eau parfumée du bain.

Au premier étage, un étroit couloir borgne court sur toute la largeur. Des glaces sans tain seront insérées dans la partie haute du mur. Julien observe de nouveau le plan. Les miroirs espions plongent dans une chambre et la salle de bains attenante. Une chambre placée sous surveillance ! Le passage secret conduit, par un jeu de portes et d'escaliers, jusqu'à la tour vitrée.

Bien qu'il s'en défende, il tente de lire dans les signes invisibles du plan, de décoder la personnalité du client et ses véritables intentions. Par moments, il relève brusquement la tête et vérifie que personne ne l'observe, mal à l'aise dans l'attitude du voyeur.

Lorsqu'il replie enfin la liasse, le mystère reste entier sur ce labyrinthe enchanté, une sorte de palais des glaces comme dans les fêtes foraines. Un palais-mirage, habillé de couleurs changeantes et de gravures, et qui portera loin ses reflets lumineux, tel un phare posé sur les hauteurs.

Est-ce que Charles construit une maison de géants pour Noémie, ou un château merveilleux pour ses enfants Sylviane et Albin, ou encore, en marchand de biens avisé, un palace pour un tiers démagogue ?

Des nuages en transe aux paupières assombries déboulent vers la côte. La colère des dieux gronde déjà au loin. Julien s'extirpe de ses pensées indiscrètes. Il range les plans qui ne lui ont pas tout dit. Il s'agit, se raisonne-t-il, de la vie privée d'un client, et il n'a pas à s'en mêler.

Les premières gouttes de pluie touchent le chantier lorsque sa voiture s'éloigne. Le technicien se tient silencieux près de lui. Un employé de longue date dans la décoration et rompu aux chantiers les plus extravagants. Il devine son air songeur et perplexe. Tout comme lui, il aimerait sans doute donner un sens à ce curieux projet qui grandit au sommet de la presqu'île.

9

Quelques jours plus tard, Julien s'enfonce à l'intérieur des terres. Le soleil tourne vers l'ouest. On ressent la présence grandissante des collines contre la route sinueuse. L'ombre des arbres est de plus en plus oppressante. Il est presque dix-huit heures. Au téléphone, Charles lui a demandé de passer au domaine, de venir déguster son vin et, en même temps, de régler les questions de détail sur le choix des matériaux, la teinte du verre pour sa villa en construction. Pendant le trajet, il pense de nouveau à l'homme bourru qui, avec finesse, avait débusqué ses pensées face au vieux pressoir.

Pendant qu'il conduit, son esprit vagabond se laisse envahir par un étrange grondement de cavalcade qui monte derrière lui, une sorte de danger proche et insidieux. Que fait-il soudain sur un chariot de verre qui file au galop ? Etourdi par le hennissement effrayé des chevaux dont il devine les naseaux fumants. La peur au ventre à la vision de poursuivants masqués sur la route étroite ! Des brigands lui tirent dessus ! Il tient fermement les rênes, agite son fouet. Le verre blindé résiste aux projectiles. Vite, atteindre le sommet, échapper aux détrousseurs de verre ! Se pourrait-il que Charles fût parmi eux ? Plus haut, le ciel s'élargit tel un immense vitrail bleu d'encre qui fond brusquement, une muraille qu'il traverse et qui se referme aussitôt derrière lui. Il est sauvé ! De minces reflets de soleil rebondissent sur la voiture et le tirent d'un mauvais rêve éveillé. Il respire profondément. La route est libre et déserte de nouveau.

Le rideau de châtaigniers s'ouvre sur une vallée où des vignobles charnus remplissent par endroits le paysage, au détour d'un virage. Bientôt Julien s'engage sur un chemin de terre bordé de peupliers. Au bout, deux immenses platanes masquent en partie la façade en pierre d'un vieux mas. Des pigeons s'envolent devant la voiture. Un chien noir surgi du néant vient à sa rencontre. De loin, on voit ses dents blanches, sa gueule menaçante comme un mauvais présage.

Le visiteur se gare sous les platanes, entre une fourgonnette maculée de boue et une Mercedes blanche à la carrosserie étincelante. Le moteur coupé, il attend. Le chien gratte à sa portière.

Quelqu'un crie près de l'entrée. Une petite femme en blouse grise appelle l'animal qui disparaît en silence derrière le mas. Dès que Julien met pied à terre, il goûte le calme et la sérénité des lieux, les senteurs de fruits mûrs et de foin coupé sous la feuillée. Un cheval hennit derrière les bâtiments. Il a un mouvement de recul. Serait-ce son mauvais rêve qui revient à la charge ?

La femme s'approche de lui, sourire aux lèvres : « Je m'appelle Noémie. Vous êtes Julien, n'est-ce pas ? Mon mari m'a parlé de vous. Soyez le bienvenu. » Sa voix aiguë chevrotante le surprend, mais le visage sec et menu impose sa présence.

Une femme modeste et rayonnante à la fois, façonnée par les travaux domestiques. Elle a dû être belle et gracieuse autrefois ; son accoutrement des plus simples étouffe les restes de sa féminité. Sur sa face paisible, son regard perçant aux nuances gris-bleu pétille d'intelligence.

Sans dire un mot, elle observe le visiteur. Elle le dévisage longuement comme si elle cherchait à reconnaître quelqu'un, puis elle lui fait signe de la suivre. Julien la complimente sur sa belle demeure. « Merci », acquiesce-t-elle, « je la tiens de mes parents, qui eux-mêmes la tenaient de leurs ancêtres. Ils l'avaient baptisée « Le mas des hirondelles. » J'ai enlevé le nom, car il y a longtemps que nous n'avons plus d'hirondelles et qu'elles ne font plus le printemps par ici ! Tout notre passé est enraciné dans cette maison familiale. J'aurais bien du mal à la quitter », dit-elle en baissant la tête, peut-être pour méditer, ou pour souffrir en silence.

Tous deux marchent vers la bâtisse sans âge, plantée tel un havre de paix et entourée de vignes et de bois. Il devine d'autres bâtiments sur l'arrière du mas. Des hangars. Une cave où l'on fait le vin, le chai où il vieillit. Sans doute une écurie. On devine tous les gestes tissés par des générations qui ont laissé leurs empreintes et leur sueur, avec l'espoir d'un avenir meilleur.

Julien ressent une étrange douleur au côté, comme un coup violent. La femme énergique qu'il connaît à peine n'est pas faite pour vivre dans une cage de verre sur les hauteurs de la presqu'île. Une vitrine dorée où elle perdrait son âme, où elle ne peut que dépérir. Celui qu'elle accueille avec délicatesse oeuvre à détourner son destin. La culpabilité lui serre les côtes à lui couper le souffle.

Un chat noir sort en trombe entre leurs jambes au moment où Noémie pousse la porte d'entrée. La bête a-t-elle senti le danger de sa visite ? Julien reste longtemps debout dans la grande pièce sombre, son ombre clouée au sol par l'ampoule nue du plafond. Noémie appelle quelqu'un à l'interphone relié aux annexes. Avec le sentiment d'importuner par sa visite, il regarde les meubles massifs, les gravures anciennes sur les murs, la longue table en bois entaillée par les couteaux des générations réunies là après le labeur.

Enfin, appuyée sur le dossier d'une chaise de l'autre côté de la table, la femme le regarde encore, en contre-jour. Elle a un léger frémissement, puis annonce que Victor vient le chercher tout de suite. Le caviste est leur homme à tout faire. Il s'occupe des chevaux, il les brosse et les bouchonne, il les étrille. Il est comme une mère pour eux, dit-elle en renversant la tête, s'abandonnant à un sourire nostalgique comme si elle s'adressait aux ombres qui l'entourent.

Puis elle fixe Julien, remue silencieusement les lèvres. Elle dit, sans artifice : « j'ai connu votre… votre famille autrefois. Il y a si longtemps ! » « Vraiment », répond-il surpris.

Il pense alors à sa mère qui a vécu dans une petite maison au milieu de leur vignoble, plus au nord. Au pied d'autres collines affaissées sur l'horizon comme des animaux épuisés, dont il ne resterait que leurs vieux os de pierre fossilisés. Bien que veuve, elle tenait encore sa maisonnette isolée dans une mer verte de vignes, contre vents et tempêtes. Un poste avancé où elle s'était retranchée, où elle vivotait dans une solitude qu'elle refusait de quitter. Elle regardait passer les saisons, les vendangeurs, les cueilleurs de champignons et les chasseurs. Regarder passer les jours et les gens, c'était sa seule distraction, cependant que Julien, enfant unique, dérivait au loin comme une bouée sans amarres, occupé par ses études, ensuite par son mariage, jusqu'à ce qu'un cancer du sein ne l'emporte vers une solitude éternelle. C'était quatre ans à peine après l'accident mortel de son mari, et quelques mois après la venue au monde d'Océane, comme si cette naissance l'avait encouragée à céder sa place, après avoir longtemps allaité le mal.

Debout et silencieux entre les murs robustes du mas, Julien voudrait dire tout cela à l'hôtesse des lieux, l'interroger aussi sur sa vie, sur son passé, mais il ne sait par où commencer et reste sans voix. En présence de cette petite femme accueillante, au ton presque maternel, il ressent une étroite intimité et une immense confiance. Puis, il entend la porte. Quelqu'un entre et vient briser leur face à face muet.

Ce n'est pas le brave Victor, l'homme à tout faire de la maison, qui va lui dire si Charles a fait un mariage d'amour ou d'intérêt ! Julien suit docilement son guide, un vieil homme maigrichon un peu courbé, coiffé d'un béret crasseux sur ses derniers cheveux blancs. Le caviste a des yeux globuleux trop grands pour son visage étroit, et le nez fendu par des traînées de couperose. Un nez qui a filtré trop de vin sans doute, se dit-il d'un air amusé.

L'ombre écrase la cour centrale, mais il remarque aussitôt le vieux pressoir en plein milieu, plus imposant encore que celui du restaurant. Un pressoir aux lattes de bois écaillées et décolorées pour avoir longtemps repoussé les assauts du soleil, du vent et de la pluie. En passant, il s'incline avec respect devant cette véritable boussole des saisons et des vendanges, érigée là tel un point cardinal du domaine.

Plus loin, près du fouloir à raisins, Victor pousse la porte d'un grand bâtiment couvert de tuiles rouges. Des marches en bois dégringolent vers un sol en terre battue. La fraîcheur de la cave surprend Julien qui s'habitue peu à peu à la pénombre. Quelques ampoules nues, pendues à de longs fils, soudent çà et là de minuscules points de lumière dans la soupente. L'air est épais, saturé de vieilles odeurs moisies. Trois cuves en dur dessinent un relief montagneux contre le mur du fond. Barriques, tonneaux et foudres en chêne ont pris rang dans leur prolongement.

En balayant des yeux la cave sombre, il croit apercevoir des orgues couchées. Puis, il identifie les rangées de bouteilles superposées jusqu'à hauteur d'homme. Des reflets tremblent par endroits sur les culots de verre poussiéreux. Le vin dort là, où il engrange saveurs et arômes, où il attend sa délivrance.

Une silhouette courbée apparaît brusquement au-dessus d'un tonneau. Julien reconnaît le profil corpulent de Charles qui se meut avec une étonnante souplesse entre les récifs de la cave. Puis sa voix grave explose au milieu du silence : « viens goûter celui-ci ! » L'homme est maintenant debout dans l'allée, le bras droit levé. Dans sa main, une longue seringue qu'il tient comme une banderille. Il fait couler lentement le vin dans un verre à pied destiné à l'arrivant tutoyé d'emblée, comme s'ils étaient devenus intimes. « Goûte-moi ça », dit-il, « c'est la cuvée du vieux mas, vieillie en fût de chêne. Un vin rouge fait avec des plans de Carignan de soixante ans d'âge. Ma vigne préférée », précise-t-il. « Elle donne un vin de garde charpenté, tout en rondeurs. »

Ce n'est pas le même homme qui l'interpelle avec cet excès de familiarité. Sa voix ronronne, coule comme un breuvage épais et dense. Il a adopté la rondeur du vin parmi ses tonneaux au bois rugueux cerclé d'acier : son refuge préféré contre les tracas du dehors. Charles remet le gros bouchon de liège sur le fût pendant que Victor prépare la cire à couler autour. L'invité compte quatre fûts de chêne de la même récolte que le maître de chai semble renifler l'un après l'autre, telle une laie penchée sur ses marcassins.

Julien savoure deux gorgées, et toute sa jeunesse déboule intacte dans sa gorge, dégurgitée à grand débit. Il revoit son père à l'ouvrage, les longues saillies brunes qui s'ouvrent derrière la charrue, les ceps de vigne en feuilles, des raisins noirs et blancs par milliers, vibrionnant comme des essaims d'abeilles, les caves glauques et les tonneaux à la panse pleine de la précieuse vendange. Il assiste sans réagir à une inondation soudaine de souvenirs anciens qui n'ont pas pris une ride.

Puis surgit un petit cri, des paroles nerveuses éjectées de la bouche de Victor alors qu'il verse la cire chaude : « Patron, encore deux ou trois semaines et il sera parfait. On pourra le tirer. » Le caviste est radieux. La cave est son royaume et, sous sa cape de pénombre, il a moins peur de hausser le ton devant le maître.

Charles ouvre une bouteille. Ils goûtent à la suite des cépages de Syrah et de Mourvèdre, de Grenache, de Cabernet. Lorsque Julien pose enfin son verre et lève la tête, il voit davantage de points lumineux tournoyer au plafond, une pluie insidieuse d'étoiles qui se déverse sur lui avec douceur. Un bien-être nouveau l'envahit. Il se retient de plonger les doigts au plus profond de sa gorge, de toucher ses papilles régénérées à la source du vin.

Enfin, il éclate de rire lorsque, au moment de sortir de la cave, il lit entre deux tonneaux une inscription à la craie : « en vin et contre tous ». Il remonte en zigzaguant les marches de bois et se retrouve dans la luminosité déclinante du jour.

Les trois hommes ont le pas lourd qui marque le sable de la cour d'une empreinte traînante. Le vieux pressoir est endormi et, au loin, deux ombres remuent devant la porte du mas. Julien croit discerner la silhouette double de Noémie. Il se frotte les yeux. Non, il y a bien deux femmes ! Charles le rassure : c'est la fille des bois qui vient vendre ses œufs. Une sauvageonne, celle-là !

Vêtue d'une longue jupe et d'un pull en laine écrue trop ample, la jeune fille bavarde avec la maîtresse de maison, un panier à la main. Dès qu'elle aperçoit les hommes, elle se raidit avant de s'esquiver. Julien a eu le temps de saisir son profil adolescent, les traits tendus sur un visage étroit, presque apeuré. Une agilité d'animal traqué. Ses taches de rousseur se confondent rapidement avec le couvert des bois. Et son image disparaît dans les contours grandissants du crépuscule, tandis que les hommes avancent de front, d'un pas chancelant.

Bras dessus bras dessous, ils reviennent ensemble à la surface d'un monde qui va les séparer de nouveau, dans lequel chacun va reprendre sa place.

10

Comment tenir tête au présent entre les murs de sa villa qui lui rappellent à chaque instant une absence cruelle ? Mylène ne se résout pas à la perte d'une respiration familière, ce fil étroit entre paroles et baisers qui se distendait si peu lorsqu'il s'en allait au bureau ou en voyage d'affaires. Malgré l'alternative : déménager et rejoindre ses parents à Nice, elle choisit de rester. Elle s'agrippe avec obstination à son balcon de rocailles où Julien, rêveur d'absolu, barbouillait le ciel de projets, caressait sa femme et cajolait sa fille, où il humait la nature et imprégnait sa bonne humeur.

Oui, Mylène résiste, fidèle conservatrice de leur mémoire ! En gardienne des souvenirs, pour les entretenir et alléger sa peine, et celle d'Océane aussi. Transformer la villa en un jardin où elles pourront musarder avec une joie intacte, ressentir sa présence masculine sans les regrets, et penser à lui sans souffrance. Epaulée par sa fille, elle sera plus forte, pense-t-elle. La vigueur de la jeunesse comblera ses faiblesses. Océane ne s'exprime pas sur le manque du père, mais elle la regarde parfois avec un sourire narquois, presque dédaigneux, comme si elle la tenait responsable de son absence.

Il arrive que l'atmosphère soit tendue à la maison. Au déjeuner, ce jour-là, l'adolescente se lève brusquement de sa chaise. Son verre d'eau renversé se brise sur le carrelage. Le liquide se répand sur la nappe et au sol. Puis une porte de chambre claque. Mylène reste seule à table, immobile et muette, les coudes détrempés.

Les résultats scolaires de l'adolescente sont en baisse. La jeune fille abuse de sorties nocturnes. Sa désobéissance prend une allure de défi, de rejet de l'autorité maternelle. Elles traversent une zone de turbulence dont Océane s'est éjectée la première, en furie.

Alors que la rentrée scolaire du dernier trimestre approche, la veille encore elle avait plongé sa mère dans l'angoisse en rentrant tard dans la nuit. Océane s'égare sur la planète loisirs. Danser, rire et s'évader, dans l'oubli des règles d'une vie en famille : des tenues provocantes et une perpétuelle mutinerie. L'adolescente planait déjà au-dessus du raisonnable. Voilà qu'au repas elle remet sur la table ses vacances en Espagne, entre adolescentes.

Mylène ramasse les bris de verre et allume une cigarette. Elle fixe d'un air de reproche le portrait de Julien sur le buffet. Un jet de fumée part vers l'autorité qui fait défaut au foyer. Pendant longtemps, elle avait cessé de fumer, depuis sa vie d'étudiante exactement. Elle a maintenant besoin de gestes absurdes, d'occuper ses mains et ses heures, de mettre à l'épreuve sa résistance. Plus souvent qu'il ne faut, elle flirte avec l'alcool. Des moments solitaires, un verre à la main, qui lui font oublier un peu les obstacles sur sa route.

Dehors, le ciel est gris. À l'intérieur, le déjeuner interrompu : un calme accablant plane sur la salle à manger. Elle déplace le regard tout autour, tente d'échapper à ses pensées de plomb.

Son foyer est un musée inachevé à l'architecture branlante ! Comment s'y prendre avec sa fille ? Comment dompter l'adolescente rebelle ? Au secours Loti, voyageur des idées, songe-t-elle avec dérision !

Elle débarrasse la table. Au salon, elle ouvre un magazine mais ne parvient pas à fixer son attention. D'un geste las, elle saisit son sac à main et claque la porte à son tour. Dans sa voiture, elle monte le volume de la radio. On est vendredi, en période de vacances scolaires. La circulation est fluide et musicale en ce début d'après-midi. Elle a envie de rouler vite, de le rejoindre où qu'il soit.

Bientôt, elle arrive à proximité du lycée où elle exerce : une manière inconsciente de rechercher un soutien ou de divertir ses pensées. Elle se gare à sa place habituelle et traverse la cour déserte. Les platanes déploient leurs feuilles vertes et tendres. Une lumière mystique éclaire les ramures nouvelles qui s'élancent dans le vide. La nuit, les étoiles viendront jouer dans la cour comme des enfants. On verra alors les pointes dorées qu'elles laissent sur le bitume, lorsqu'elles se déplacent sur la marelle.

Dès lundi prochain, cris et rires reviendront comme avant sous les feuillages, la cour transformée de nouveau en un grand cœur ouvert, en un chapelet de gestes et de visages joyeux. La démarche alerte, Mylène retrouve enfin une sensation d'utilité.

Peut-être a-t-elle du courrier à l'étage ! La porte d'entrée est ouverte. Elle se hâte vers l'administration. Ses talons claquent dans les couloirs vides. Ici, on transmet l'espérance et le savoir ; l'idée lui est agréable. Les murs ont été repeints de couleurs vives, effaçant d'un coup les traces des trimestres passés. Les odeurs fraîches de peinture qui remplissent ses narines annoncent un nouveau départ. Un léger bruit au fond du couloir préfigure le réveil du lycée.

Le bruit vient du bureau de madame le Proviseur. Mylène frappe et entre, selon son habitude. Madame Lafaye est là, debout derrière son bureau. Elle pince les lèvres, et lui fait signe de sortir. De l'autre main, elle masque un verre aux reflets roses et blancs. La visiteuse se retire, le front plissé. De partout, on la rejette. La peinture nouvelle n'aurait-elle donc rien changé ?

Dans le couloir, peu après Madame Lafaye la rappelle. Elle l'entoure de ses longs bras comme on étreint un élève au retour d'une longue absence ou d'une maladie. Mylène sent des larmes venir.

Le proviseur, femme élégante et d'âge mûr, arbore un tailleur bleu foncé et tous ses bijoux comme pour un jour de classe. Le front large et la voix grave, elle gesticule, exubérante. Est-ce une répétition inopinée de la rentrée ? Mylène la regarde avec curiosité. Quelle volte-face en si peu de temps ! En revenant ensemble sur leurs pas, elle remarque l'eau trouble dans le verre repoussé derrière un dossier. Nul doute, un dentier trempait dans ce bocal !

Assise en face du grand bureau, elle imagine les mâchoires sans dents de l'oratrice qui maintenant l'invite à dîner chez elle pour clore les vacances en apothéose. La dame parfumée par Dior roucoule et remue le buste. C'est alors que Mylène se souvient d'une discussion anodine dans la salle des professeurs. On y parlait d'homosexualité entre femmes au lycée. Elle avait prêté peu d'attention aux propos - querelles et jalousies entre adultes du lycée, avait-t-elle pensé -, ni à la manière dont le proviseur avait redoublé d'affection envers elle depuis qu'elle était seule. Sa façon de la prendre par les épaules, de la serrer contre sa poitrine.

Mylène devine une autre solitude qui cherche un refuge, une rencontre fraternelle pour s'épancher. Elle rougit en bredouillant une excuse : « Je dois partir, ma fille m'attend ». Elle ne peut détacher ses pensées du verre où la femme va remettre son dentier. Elle imagine la grande bouche édentée posée sur elle comme une sangsue, et elle a envie de vomir.

Depuis le départ de Julien, hommes et femmes la regardent comme une proie, un objet désirable.

Ils reniflent sa détresse. Elle a compris que tous ces bras qui se tendent ne sont pas sincères. Le danger est partout. La beauté n'empêche pas le mal de vivre tant qu'elle reste exposée en surface.

Peu à peu, son corps entre en résistance.

À son retour du lycée et de sa balade sans but, des nuages coiffent le Mont-Faron. Ils tendent une ombrelle grise sur la villa blanche. L'air est chargé d'humidité.

Redoutable journée sombre ! Après la mutinerie d'Océane, l'assaut du proviseur lui fait l'effet d'un crabe parfumé à la fraîcheur douteuse. La menace de sa bouche gourmande et démontable la hante encore. Vivement le gazouillis désintéressé des élèves et l'enseignement à corps perdu. Et, toujours bien ancré en elle, l'écrin des souvenirs comme ultime retranchement.

Mylène sait qu'elle doit encore démêler les relations entre son mari et Charles : pierre d'achoppement d'où devrait jaillir la vérité. Elle connaît si mal ce personnage fuyant qui collecte les biens et sème le mal, il n'y a guère de doute. En même temps, elle serait déjà prête à lui pardonner.

La brise agite les rideaux, mais la maison est vide. Après sa bouffée de colère du déjeuner, Océane a profité de son absence pour s'éclipser. Dans la chambre désertée, Mylène ressent tout le poids des tentatives de dialogue inabouties. Tu ne peux pas comprendre, concluait chaque fois sa fille avant de se s'enfermer dans le mutisme.

Sans doute ne sait-elle pas s'y prendre avec Océane, si pudique et sensible ! Bien qu'elle n'en montre rien, l'autorité et l'affection du père lui manquent. Sans doute réagit-elle de manière excessive pour exprimer ce manque, à coup d'actes insensés, se dit Mylène. Comment la ramener à la raison, lui faire comprendre qu'elles doivent unir leurs forces ?

L'odeur de l'adolescente est partout dans sa chambre de poupée imprégnée de la même douceur depuis l'enfance. Une odeur qui stimule son instinct maternel et ravive son passé de mère. Elle remarque l'annotation sur un papier posé dans un coin du bureau : prendre le casque, et elle pense aussitôt au garçon à la moto. La nuit souvent, elle entend un bruit de moteur, et elle ne sait plus si elle a rêvé ou si la moto noire rôde dans le quartier. Un bruit puissant qui la fait sursauter. Elle ressent alors un déchirement intérieur : elle imagine qu'on lui enlève sa fille, une part d'elle-même, le don le plus précieux reçu de Julien.

Dans la corbeille, près du petit bureau, elle trouve une feuille déchirée en petits morceaux. Elle les rassemble et reconstitue l'écriture fine d'Océane : Kevin je t'aime, recopié de multiples fois comme si sa fille s'était infligée une punition. Les bras ballants, elle s'interroge : Depuis quand sa fille ne lui a-t-elle plus dit « je t'aime » à elle, sa mère, qui l'entoure tous les jours de son affection ?

Mylène ose alors ce qu'elle ne s'était jamais permis, respectueuse de l'espace intime de l'enfant. Elle fouille les tiroirs et les placards, partout. Sans savoir ce qu'elle cherche. Elle ouvre des chemises cartonnées, les cahiers, des lettres. Elle redoute inconsciemment la drogue, un fléau qui ne prévient pas. Elle fouille encore, fébrile. Ah ! si quelque chose au moins pouvait expliquer le comportement déréglé d'Océane !

Sur une étagère du placard, elle glisse une main parmi les sous-vêtements qui lui rappellent la naissance de sa propre sexualité. Sa première véritable aventure, sa rencontre avec le metteur en scène. Elle en sourit. Puis sa main butte contre une petite boîte. Elle la prend et s'assoit sur le lit. Des préservatifs ! Océane n'a que seize ans, une gamine à ses yeux ! Les années ont passé trop vite. Les évènements ne lui ont pas permis de la préparer à la sexualité, se dit-elle. Elle avait des doutes parfois, mais elle refusait de la voir grandir. Mais il y a encore un espoir : on a pu lui donner cette boîte sans intention délibérée, ou elle peut appartenir à une copine.

Elle ne sait plus que penser, sinon qu'il est prudent de se protéger. Elle aurait dû le lui dire d'ailleurs. Puis un bruit sous la fenêtre la tire de sa réflexion. La moto revient !

11

L'accueil de la Méditerranée, dans ce balancement du Nord vers le Sud, ressemblait pour sa famille à un nouvel élan, à une embrassade de la vie.

Aux premiers pas de l'été, Julien est à son bureau. Le téléphone résonne entre les cloisons de verre. La secrétaire lui passe un appel de Charles. Il lève la tête du dossier. Avant de répondre, il contemple un instant le cadre posé sur son bureau. Mylène et Océane sont assises sur un muret, joue contre joue, au bord de la mer, la mine resplendissante : une sensation de plénitude éclaire son visage.

D'une voix retenue, son client lui annonce qu'il ne peut pas se libérer pour le déjeuner sur la presqu'île. « Un contretemps », dit-il, « vous ne m'en voudrez pas ? » Il est onze heures et demie et Julien a réservé une table pour midi. Il allait partir au restaurant. Il reste silencieux. « Rassurez-vous », dit Charles sur un ton inhabituel, « ma fille Sylviane est de passage à la maison. Je l'ai informée du projet. Elle accepte de me remplacer. Vous savez bien que je vous fais confiance, et à elle aussi. »

Lorsqu'il raccroche, il ne sait que penser de son client singulier et de sa botte secrète. Ses sentiments alternent entre attirance et répulsion pour l'individu. Il admire le mélange de bon sens paysan et d'esprit d'entreprise de Charles. En même temps, il se méfie de ses intentions inavouées, de sa ruse qui lui a tant réussi dans les affaires : sa manière de regarder les gens en cherchant la faille, ses yeux malicieux et gourmands lorsqu'il observe les femmes. Un pressentiment ridicule, se dit-il pour se rassurer. Mylène, pour l'avoir croisé dans une soirée cocktail, avait ressenti aussitôt de la répulsion pour le personnage à l'allure rustre.

Pourtant, en invitant son plus important client du moment sur la terrasse du restaurant où ils avaient conclu l'affaire, Julien voulait lui prouver qu'il n'était pas seulement un rêveur succombant au vieux pressoir. Il l'aurait remercié plus sereinement pour la visite de sa cave. Leur escapade dans l'alchimie vinicole, parmi les tonneaux pleins et dodus comme des mamelles, qui avait resserré un moment leurs liens étranges. Ils auraient parlé des bienfaits du vin, devisé sur le potentiel antioxydant des polyphénols. Enfin, des sujets dérisoires autour de la transformation du raisin, une activité de magicien qui inspire le respect. Après tout, peut-être auraient-ils parlé de tout autre chose…

La raison première du déjeuner est néanmoins sauve : soumettre les dessins de la pyramide, les scènes de Bacchus à graver sur le verre. Car la pyramide est le point d'orgue du projet, l'endroit épineux où la vigne bienfaitrice va s'incruster dans la trame de la villa et renvoyer, tel un phare, ses images sublimées dans les profondeurs du ciel et de la mer, et enluminer le jacuzzi. C'est le cœur-même de la villa, le passage obligé du rêve et de la beauté par le filtre encenseur du verre et sa lumière festive. Les scènes de bacchanales incrustées sur les vitraux de cathédrale s'animeront sous la houlette du soleil et des nuages nomades. Et lorsque le soleil se déplacera, les femmes danseront sur la scène de verre pour le plaisir des yeux. Dans sa tête, il voit déjà défiler des images encore inédites. Il va décider avec une inconnue de la signature d'artiste à apposer sur ce paysage encore à l'état imaginaire.

Un peu contrarié, Julien prend la direction de la presqu'île, son dossier sous le bras. Il roule toutes vitres baissées, imprégné de l'ambiance du jour. Le long de sa route, les cigales ont amorcé leur chorale estivale. Elles vont tenir ainsi quelques semaines, jusqu'à leur dernier souffle de saltimbanques. Puis en pleine extase, elles s'épuiseront, agrippées à l'écorce d'un arbre, jusqu'à sécher sur place. Leurs œufs glisseront pour s'enfoncer dans le sol et perpétuer l'espèce et ce même chant d'espoir. Etrange destinée que ce bref passage musical sur terre pour distraire la nature et les hommes !

Au téléphone portable, Julien avait rapidement obtenu de René quelques renseignements. Un portrait de Sylviane digne de la police judiciaire :

trente-huit ans, célibataire, vit à Antibes, kinésithérapeute, pas de signe particulier connu, mise à part sa passion pour l'équitation.

Aux abords de la plage, il roule au pas. La mer est calme. Quelques corps immobiles sur le sable sont enlisés dans la chaleur. Sur l'autre versant de la route, les marais salants font miroiter leur immense collier de sel sculpté par les vents. Tout ici incite au repos, à la détente. Sur le coup de midi, la grand-voile du temps semble affalée.

À la terrasse du restaurant, un couple de personnes âgées mange avec appétit. Julien les contourne et s'avance vers la table isolée qu'il convoite, la même que la dernière fois, avec René et Charles. Mais il marque un arrêt car elle est déjà occupée. Une femme est assise sous le parasol ; longue chevelure noire et teint mat. Elle se lève en l'apercevant. Son invitée ! Sylviane, de grands yeux marron, un corps musclé et l'allure très sensuelle. Elle est vêtue d'un pantalon noir moulant et d'un chemisier blanc. Il réalise alors que, si elle a meilleur caractère que son père, il devrait passer un agréable repas.

Julien s'assoit le dos au vieux pressoir qui tient sa place habituelle, au fond du jardin. Pas question cette fois de se laisser distraire. L'inconnue présente un mélange de charme tzigane et de modernité. Sa voix chaude et rauque le met en confiance.

Un cocktail à la main, il lui montre les épreuves d'artistes. Il commente les scènes de Bacchus.

Qu'en pense-t-elle ? Elle hoche distraitement la tête. Que sait-elle vraiment de la villa de prestige et de sa décoration ? Alors qu'il se penche vers la jeune femme, son parfum épicé lui titille les narines.

Elle regarde les dessins avec une attention polie, ne semble pas mesurer l'importance des choix à faire. L'erreur n'est pas permise sur la pyramide, songe-t-il sans oser le lui dire. Il propose de lui laisser un jeu d'épreuves, et referme le classeur.

Une fois la mission de son père terminée, Sylviane se redresse, la mine épanouie. Elle sourit comme après un bon tour, contemple le jardin autour d'elle, puis elle fixe Julien avec une insistance qui lui rappelle Noémie. Un regard pénétrant qui cherche quelque chose au-delà de l'apparence. Enfin, elle évoque sa vie à Antibes, son métier, tous ces gens dans la détresse ou la solitude qu'elle accompagne par des gestes d'apaisement et des massages réparateurs. La générosité transpire au bout de ses doigts comme sur sa figure, dans une sorte de chuchotement rythmé, presque en confidence. Il se laisse porter par les intonations changeantes de sa voix, avec ses vagues de douceur qui vont et viennent. Il l'alimente de questions comme on nourrit un feu, sans emballer ni étouffer la flamme.

Entre deux bouchées, Sylviane repose sa fourchette et lui annonce sur un ton banal : « Nos parents se sont connus autrefois, sur les bancs d'un lycée… Les circonstances de la vie les ont ensuite séparés. C'est dommage ! »

Elle le voit incrédule. Julien fait glisser plusieurs fois la serviette sur ses lèvres, avec l'impression d'effacer par avance des mots maladroits ou trop indiscrets. Il voudrait en savoir davantage, hésite à l'interroger. « Vous ne me croyez pas », dit-elle avec sévérité, le visage un peu froissé. Il répond d'un sourire gêné, amorce un mouvement pour lui tapoter la main et la rassurer. La jeune femme devine son geste et redresse son buste avec un léger mouvement de recul : « c'est drôle que ce contrat soit tombé sur vous », dit-elle avec détachement. « Les hasards de la vie me surprendront toujours ! »

Les coudes sur la table et l'attitude rêveuse, elle semble fouiller de mystérieux souvenirs. Que voulait-elle lui signifier ? Il n'ose toujours pas la questionner.

Des flamants roses passent en vol serré à l'horizon et leurs battements d'ailes font jaillir de petites étincelles dans un ciel déjà bien embrasé, à l'heure du déjeuner. De si loin, ils ne remarquent pas l'embarras de Julien ni son envie de se retourner vers le pressoir, un vieux compagnon avec lequel l'échange lui paraissait si simple et direct, comme s'ils se connaissaient de longue date. Ses lattes de bois vieillies et dressées vers le ciel, leur sagesse à l'épreuve du temps, sa cuve métallique qui ne laisse rien perdre. Tous deux gardent des souvenirs communs de vendanges joyeuses, du jus de raisin transformé en rivière pétillante.

Cette présence dans son dos le rassure.

Il fait un effort pour ramener son intérêt vers Sylviane. Au fond, il se demande s'il est là pour un repas d'affaires ou pour un échange de confidences. S'adresse-t-il à une collaboratrice de Charles ou à la fille de Noémie chargée de le divertir ?

L'invitée l'interpelle soudain, les yeux grands ouverts. « Connaissez-vous mon frère Albin », dit-elle ? Il répond qu'il n'a pas cet honneur. De nouveau, elle l'observe avec intensité. « Il vous faut le rencontrer », insiste-t-elle. Julien acquiesce, sans comprendre l'intérêt d'une telle rencontre. « Malheureusement », dit Sylviane, « il vient rarement dans la région. Il est parti très jeune ; c'était plutôt une fugue. Depuis, il vit dans la montagne, près de Digne, avec son troupeau de chèvres et de moutons. À trente-cinq ans, il est toujours célibataire. Il vit seul. »

« Il doit être très occupé avec ses bêtes », hasarde Julien. « Il peut encore changer d'avis ! » Sylviane esquisse un timide sourire, puis elle baisse la tête, marque sa lassitude. D'une voix émue et basse, elle libère quelques mots qu'il perçoit à peine : « si mon père avait agi autrement… »

La jeune femme n'est plus qu'un long frisson silencieux. Elle remet ses lunettes de soleil. Des verres sombres derrière lesquels elle peut s'isoler en paix. Puis une larme descend doucement le long de sa joue droite. Une perle ronde et brillante, délicieusement piquée d'un rayon de soleil. Une minuscule boule de cristal dans laquelle Julien tente de lire ses pensées, avant qu'elle n'éclate sur son chemisier. En vain. Il devine seulement qu'il s'agit de l'histoire d'une famille déchirée comme il en existe tant, et que Charles en est l'épicentre, tel une pyramide de chair incontournable, et peut-être aussi le détonateur.

Malgré sa douleur muette, Sylviane lui renvoie intacte sa beauté naturelle qui jaillit comme une source et l'éclabousse. Est-ce pour dissiper un sentiment de gêne ? Julien se tourne discrètement vers le pressoir. Le vieux loup solitaire est à son poste, front épuisé et ridelles en berne après avoir tant trimé pour égayer les gosiers des hommes. Malgré son apparence et sa cascade à jamais tarie, il a tout vu de la scène. Serait-il encore capable de filtrer le ressentiment des convives alentour ? Peut-être, par habitude, continue-t-il de presser longuement le silence dont il n'extrait plus rien, ou alors de minuscules plaintes venant de la terrasse, comme une douleur étouffée que le vent disperse aussitôt dans les marais. La même douleur secrète, sans doute, qui a touché Sylviane, et l'a pénétrée jusqu'aux entrailles, et qui passera son chemin vers d'autres épreuves.

Une voix douce le ramène à la réalité. Il se retourne brusquement. Le visage sec et lisse de Sylviane lui fait front à nouveau : « méfiez-vous de mon père… » Puis les mots s'étranglent. Elle veut lui dire quelque chose qui ne sort pas. Il tend alors la main par-dessus la table et la pose sur celle, brûlante, de la jeune femme. Il comprend que son sang bat très fort dans un cœur généreux et sensible, un pressoir intérieur qu'il aimerait apaiser. Elle lui dit alors que son père est parti d'urgence en Italie régler un différend financier. Elle avait vaguement entendu la conversation au téléphone avec l'ami italien, et la colère dans sa voix.

Un peu plus tard, aucun des deux convives ne se souvient pourquoi ils marchent côte à côte sur la plage devant le restaurant, le soleil dans les yeux et un vent chaud sur la nuque. Un moment d'une rare tranquillité, après un bon repas. Ils avancent jusqu'à toucher les vagues. Plus loin, ils butent sur la pointe de la plage qui s'éteint. De là, ils contemplent la côte escarpée jusqu'à la rade de Toulon, les criques et les falaises, les villas perchées et les niches de verdure.

Julien désigne les sites et leur donne un nom, l'index tendu. Il se penche vers Sylviane, lui entoure instinctivement la taille avec son bras libre. À son tour, elle s'incline vers lui. Sa longue chevelure, ses odeurs de femme coulent sur son épaule, dans son cou. Une caresse légère et agréable. Un frôlement sensuel qui fait trembler ses chairs. Les effets combinés du vin et du soleil, et d'une imprévisible complicité. Ensemble, ils rient dans un lent ballet face à la mer, jusqu'à ce qu'un chien fou les éclabousse au passage. Et ils se séparent brusquement, comme deux oisillons pris en faute loin de leur nid.

12

Deux jours plus tard, en fin d'après-midi, la mer est prise d'une faible houle. Un voilier revient au petit port paisible où Julien attend, à la terrasse d'un café. Un dernier rendez-vous, avant de rentrer chez lui.

Au loin, très loin de l'autre côté de la baie, il y a le dos allongé de la presqu'île. Planté comme une écharde, le promontoire de béton qui va devenir une villa moderne, avec son bouclier de verre, et faire jaser. Depuis sa place, la bâtisse paraît minuscule, presque insignifiante.

En ce moment de répit, Julien songe à la quiétude de leur villa blanche sur les pentes du Faron. À la vue dégagée sur les épaules bleues de la Méditerranée, sur l'horizon de sa vie en voie d'apaisement, aux vacances proches avec sa femme et sa fille. Ils iront ensemble à la montagne, loin du remue-ménage de la côte. Loin des éclats du verre décoratif et du béton. Plus de clients, ni d'affaires pressantes. Seulement un décor naturel et sauvage, irradié d'air pur et de soleil.

Du coin de l'œil, il surveille deux bateaux de pêche à la pointe de la presqu'île. Il imagine les pêcheurs qui jettent leurs casiers et leurs filets. Leur vie se résume à ce va-et-vient entre terre et mer, à recoudre le filet dérivant des jours. On lui tape soudain sur l'épaule. Charles arrive essoufflé, s'excuse du retard. Julien commande deux bières, tandis que le marchand de biens lorgne le point haut sur l'autre rive. Evalue-t-il les progrès du chantier ou l'impact de sa réussite ?

« Sylviane m'a raconté votre déjeuner d'avant-hier », dit Charles volubile. « Je ne sais pas ce que tu lui as fait, elle n'arrêtait pas de parler. Des éloges sur ton compte ! Tu lui as tapé dans l'œil, ma parole ! » Julien se tait, l'esprit recroquevillé en fœtus. Il revoit leur promenade sur la plage après le repas, le frôlement de leur corps, les gloussements de Sylviane. Une bouffée de regrets et de honte lui noue la gorge.

Assis en face de lui, Charles rumine à voix haute : « Qu'est-ce qu'elle est allée faire à Antibes ? Et ce métier ? Kinésithérapeute ! Elle passe son temps à tripoter les gens, des vieillards et des malades. Ça me fait penser au métier de pute, tiens ! » Julien proteste, mais l'autre souffle et fulmine, telle une baleine de haute mer que rien n'arrête. « Ah ! si tu avais connu Sylviane adolescente », reprend-il. « Beauté, enthousiasme, intelligence, elle avait tout pour elle. » Puis il se tait un moment.

Tous deux contemplent la mer assombrie, les pupilles de Julien encore encombrées par le souvenir d'une femme aux allures de tzigane, gracieuse et indomptable : un fruit pour bouche gourmande. On dirait que Charles devine ses pensées. Il insiste. C'est pour elle qu'il avait pris des chevaux. Il lui avait patiemment appris à monter. De longues promenades ensemble dans les sous-bois. Elle fut une cavalière émérite dans les concours hippiques. « J'ai gardé deux chevaux, dont sa jument », dit-il plus calmement, « une belle bête à la robe baie qui languit un peu dans son box. Moi-même, je ne monte plus guère, mais sait-on jamais ! »

Le ton soudain paternel étonne Julien, en contraste avec l'image du notable local taillé à la hache dans le tronc d'un chêne, imposant et rugueux, tenace, ambitieux. Charles s'est figé dans une pose pathétique, pris dans les mailles des sentiments. Etrange mammifère échoué sur la terrasse, près de lui. Mais en tant que père, Julien comprend que l'on puisse céder à une crise de tendresse : l'urticaire du cœur. L'individu serait-il aussi capable de verser des larmes ? Il ne le parierait pas.

Autour de la table de bistrot, ils sont comme deux mollusques refermés sur une même perle. On dirait que la mer a puisé toute la salive de leurs bouches. Charles imagine-t-il que sa fille pourrait revenir au domaine ? Serait-elle disposée à reprendre la ferme, les vignes et les affaires ? Peut-être attend-il un geste de sa part pour la convaincre.

Julien jauge son voisin. Quel père est-il avec Sylviane et Albin ? Sans doute autoritaire, sévère. Aux dires de René, Charles est un autodidacte, formé à la dure école du labeur. Les petits métiers lui ont tenu lieu d'apprentissage. Bûcheron avec son père, puis coursier, garçon d'écurie, boulanger, maçon et même bonimenteur. Des épreuves qui donnent de la corne même au mental. Il a tout appris des autres, et autant sur eux et leurs manies. Lorsque le marchand de biens fronce les sourcils, lorsque ses petits yeux noirs virent à la braise, mieux vaut être de son côté.

Le soleil décline toujours et la houle forcit. Charles peut se tasser sur sa chaise, son épaisse carapace a laissé percer une faiblesse. La soirée s'annonce calme, et quelques ombres de consommateurs se sont répandues autour d'eux, sur la vaste terrasse. L'homme relève la tête, l'œil aux abois. « J'ai une proposition à te faire », dit-il.

Julien remarque que son client l'apitoie depuis le début avec un tutoiement de vieux complices. Une situation embarrassante, car il ne sait toujours pas comment agripper cet éléphant de mer glissant qu'il admire par moments et qui l'effraie à d'autres. Le métier que l'homme exerce avec brio lui paraît trop enclin aux fourberies et aux mauvais coups. Il suffit qu'il y pense pour que sa méfiance vire au rouge.

Près de lui, la voix grave se contorsionne. « J'ai presque soixante-cinq ans », dit Charles en se caressant la panse, « et je commence à être fatigué. J'ai bien l'intention de raccrocher dans quelque temps. » Il fait un geste vague pour marquer sa lassitude, puis il fixe le point gris sur la presqu'île. Le rêve d'une retraite paisible dans le

nid douillet en construction. Julien l'encourage :
« vous méritez du repos. »

« Tu ne crois pas si bien dire », réplique le marchand de biens. « Toute ma vie, je me suis battu. J'ai mangé de la vache enragée avec mes parents. Je connais la misère. Mon père m'a appris à lutter pour la survie dans un monde hostile. Car dans la misère, tu n'as plus d'amis. Bien au contraire, on cherche à t'écraser davantage. »

En imputrescible plante grasse, Charles avale une rasade de bière. Le front plissé, le regard ailleurs, il raccorde le fil du passé : « mon père est venu d'Italie faire le bûcheron ; aucun arbre ne lui a résisté. C'est fort un arbre, tu sais ! C'est plus dur et plus coriace qu'un homme ! Il t'éclabousse de sève, te couvre d'égratignures et de plaies, de son ombre menaçante. Ni il avance, ni il obéit. Il t'impose sa masse. Tu ne peux pas le raisonner. Si tu le laisses faire, il te salit, te ridiculise, il t'écrabouille avec sa patience. Alors, quand tu sais bien combattre les arbres, tu sais affronter les humains. C'est tout ça que mon père m'a appris. »

Le regard dans le vague, le vainqueur des arbres respire un grand coup, satisfait de son abattage, et intarissable aussi : « vois-tu, aujourd'hui, je suis fatigué de me battre. Ce que mon père ne m'a pas enseigné, c'est comment arrêter le combat avant qu'il ne soit trop tard. Le pauvre, il est mort à la tâche. Il voulait trop bien faire et il a perdu. Qu'il repose en paix ! »

Sa main épaisse et calleuse sur le bras de Julien, il se penche un peu et ajoute, dans une sorte de gémissement : « Dans deux ou trois ans, j'aimerais que tu prennes ma suite. Je sais que tu es capable. D'ici là, tu auras fait le tour de ton entreprise. Tu vas t'ennuyer, c'est sûr. Tu mérites mieux. Tu feras fructifier mes affaires et tu fabriqueras toi-même le vin que tu apprécies tant. Tu seras grassement payé en retour, ne t'inquiète pas. »

L'homme-tronc bascule tout à coup sa tête en arrière, soulagé d'avoir vidé l'abcès. Mais une petite voix venue de Julien le dérange : « Et Albin, il pourrait… » Charles se redresse brusquement : « Ah, ce bâtard ! C'est hors de question. Qu'il aille au diable avec ses bêtes ! » dit-il, les poings serrés prêts à cogner. L'homme fait un effort herculéen pour détourner sa colère vers un quelconque paratonnerre, puis il ajoute, apaisé et malicieux : « Sylviane pourra t'épauler. Il s'en faudrait de peu pour qu'elle revienne… »

Julien engloutit le reste de bière. Il a l'impression que la foudre est tombée tout près. En ancien bûcheron avisé, son compagnon enfonce de nouveau la cognée : « c'est pour toi une chance unique de te faire oublier dans le milieu du verre. Je me suis renseigné. Je sais pourquoi tu as perdu ta place dans l'entreprise parisienne. Ce n'est pas reluisant. Il y a des choses qu'il vaut mieux que certaines personnes autour de toi ne sachent jamais… »

Le directeur commercial était venu lui rendre compte des travaux avant les vacances d'été, autour d'un verre amical. Ce dernier coup reçu le laisse pantois. Des étoiles se répandent dans le ciel et ses pensées s'embrouillent. Charles a de nouveau basculé la tête en arrière. Et il parle longtemps à ce vide illuminé au-dessus d'eux. Peut-être s'adresse-t-il aux astres, peut-être aussi à Julien, mais son venin a fini par retomber sur lui en une pluie fine et insidieuse.

Au loin, sur la presqu'île, la villa inachevée a disparu dans la brume de mer. Les bateaux de pêche sont rentrés au port et la terrasse s'est vidée autour d'eux. Le serveur s'est replié derrière le comptoir. De l'arrière-salle monte un air de rock mélangé à des bruits de voix, tandis que Charles continue de vider son fiel contre les étoiles. Et Julien reste seul à affronter l'orage qui gronde à l'intérieur.

13

Les jours et les mois passent et semblent se liguer contre Mylène et sa connivence aux autres. Un dernier trimestre scolaire épuisant, auquel s'ajoutent les ruades de sa fille, ses plaintes de migraines et de maux de ventre au moment de partir au lycée.

Un bruit la réveille dans la nuit. Elle se hisse sur les coudes, mâchoires tendues. Puis un silence épais de nouveau autour d'elle. Depuis qu'elle est seule à l'étage, la peur s'immisce parfois. Un petit bruit suffit à éloigner le sommeil. Elle pense à Océane qui dort au rez-de-chaussée.

Le doute installé, elle descend les marches sans bruit dans le noir. Elle éclaire la salle à manger. Toujours rien. Dans le couloir sombre, elle avance à tâtons jusqu'à la chambre de sa fille. La porte grince légèrement. Océane dort. L'éclairage du radio réveil projette sur son visage des reflets orangés. Les heures défilent ainsi sur son sommeil d'enfant. Comment imaginer que ce corps innocent a pu déjà subir les assauts d'un homme ? Elle ferme les yeux, les ouvre de nouveau. Ah ! si l'on pouvait tout effacer d'un clignement de paupières et revenir en arrière !

Le spectacle attendrissant du visage doux et apaisé sur l'oreiller la rassure. La tête sur le côté, les jambes repliées. La fillette a toujours dormi ainsi. Mylène s'approche à pas feutrés. Océane, redevenue une enfant paisible comme autrefois.

Un miracle ! Le contraste avec la dispute de la veille et le dîner tendu. Le cœur en joie, elle pourrait s'allonger contre elle, la prendre dans ses bras. Ensemble, elles pourraient ne plus faire qu'une, leurs battements réunis. Dans un acte de folie, figer à jamais leur union. Le sommeil heureux d'Océane, et sa mère veillant tendrement sur elle, enlacées pour l'éternité.

Mylène laisse la porte ouverte et file vers la cuisine, une obsession en tête. Un éclair, telle une écharde dans les yeux. Elle sort un long couteau à viande bien effilé, caresse doucement la lame puis la frotte contre son bras. Fusion et perfusion des corps, pense-t-elle. Absolution brutale par amour, pour embellir à jamais leur mémoire. Elle sent sur sa peau le métal froid, mais le courage lui manque. Elle repose l'arme blanche, repousse le tiroir. Le verre d'eau qu'elle avale d'un trait déborde de ses lèvres. À demi asphyxiée, elle claque ses joues de noyée. Qu'est-ce qu'il lui a pris tout à coup ? Elle tremble, évacue lentement ses pulsions.

L'horloge marque une heure et quart du matin. Une nuit de pleine lune. Elle n'a plus sommeil. Elle allume la lampe halogène et se laisse choir dans un fauteuil. Le silence étire sa toile sur les meubles, englobe le salon entier. Puis le silence devient nuit, une redoutable étoupe qui bouche la vue, épuise sa volonté. Partout, la même nuit suspend les gestes et la respiration. Une nuit à désespérer les insomniaques. Elle obstrue le monde comme on colmate un gouffre, une plaie béante qui ne guérit pas. Et la mémoire se débat : un refuge décidément trop étroit pour absorber une nuit entière.

L'halogène lui tend une bouée, tel un phare en haute mer. Il disperse sa lumière en pluie fine autour d'elle. Sur l'avant, elle éclaire la vitrine de la bibliothèque où deux minuscules têtes blanches la fixent. Deux sultans enrubannés, en écume de mer, la barbe fournie et la mine sévère. Entre eux, une pipe sculptée dans la même matière légère. Le silicate naturel de magnésie puisé dans les sous-sols de l'Anatolie, l'un des deux seuls gisements au monde de cette matière extraite à l'état de minuscules blocs, disséminés dans les couches argileuses. Une fois de plus surgissent des souvenirs à vif de leur périple en Turquie.

Elle se souvient de tout. De la matière minérale humide. Avec Julien, ils regardaient les copeaux tomber sous le couteau agile, de gros flocons de neige essaimés par l'artisan, et les doigts blancs qui se formaient à la base de la pipe : ils se dégageaient l'un après l'autre de la gangue. Dans la petite boutique, la fine main sculptée qui tenait dans sa paume le fourneau avait pris forme sous leurs yeux. On aurait dit que les longs doigts fins d'une blancheur immaculée allaient s'animer, que la main allait se tendre vers eux et bénir leur amour. Mylène avait alors regardé Julien pour partager son sentiment, mais il était songeur, presque absent.

C'était un jour de grand soleil, elle se souvient encore. Ils avaient pris de bonne heure la route d'Eskişehir, une bourgade à deux heures de route d'Ankara. Après la traversée d'un paysage désertique, ils croyaient être arrivés.

En pleine campagne, un homme assis devant sa maisonnette les avait vus égarés. Il les avait accompagnés par les chemins de terre, à travers des villages aux couleurs de poussière. Car on peut passer à côté de l'écume de mer sans la voir. Il n'y pas de marée ni de déferlante, encore moins de panneaux indicateurs. À peine un désert pierreux et austère, sans signe particulier. Une mine à ciel ouvert faite de minuscules puits creusés par les paysans. On y descend en appui sur les marches taillées de part et d'autre du boyau qui s'enfonce sur des dizaines de mètres, avant d'éclater en une constellation de galeries.

À chacun son trou. Les hommes-plongeurs ramènent des entrailles sombres la magnésite hydratée, une substance poreuse et légère, d'une grande valeur marchande !

On y vient des villages voisins, depuis des décennies, creuser les grandes orgues blanches pour améliorer l'ordinaire.

Ce jour-là, en approchant de ces terres perforées, invisibles au non-initié, ils avisent un âne attaché près d'un puits. Leur guide se penche et crie par l'ouverture. Sa voix gronde, rebondit dans le fond. Quelques secondes plus tard, un écho lui répond. Une voix sans âge. Puis un vieil homme remonte à pas lents. Le visage et la barbe sales, le front en sueur. Mais ses yeux brillent comme deux pépites. Personne ne venait jamais jusqu'ici. Et voilà qu'une femme blonde était posée sur la margelle de son puits, à l'attendre. Une offrande du ciel !

Le vieil homme sort de sa chemise quelques blocs à la blancheur douteuse. Il en offre un à Mylène. Elle le serre contre elle comme un cadeau précieux, remercie d'un hochement de tête. Le mineur au visage maigre lui sourit, ravi de son geste.

À ce moment, un téléphone portable sonne. Julien s'éloigne de quelques pas. Le travail le rattrape jusqu'en ce gisement des neiges éternelles. Il répond d'une voix douce, attentive. L'appel terminé, Mylène l'interroge du regard, et il éprouve une gêne. « Ce n'est rien », dit-il, « c'était Istanbul. » Et il ajoute sur le ton de la plaisanterie : « c'était Aziyadé. » Elle hausse les épaules.

Tout près d'eux, l'âne brait par saccades. Le vieil homme lui donne à boire. Au bout d'un moment, lassé par la lumière trop vive, il salue les visiteurs d'un geste timide et s'enfonce de nouveau dans son puits. Une artère profonde qui rejoint une autre nuit, un cœur humide et malléable où aucune fée blonde ne s'est jamais aventurée. Seuls les écrivains savent masquer le danger derrière la beauté des mots. La pipe en écume de mer est leur « déesse blanche ».

L'aventure incongrue est restée associée aux fondations de son couple. Elle aime à s'inventer des aubes blanches sur les ailes d'une colombe en quête de son gisement intérieur. Paix et bonheur semblent acquis au prix de ces efforts de spéléologue. Elle mâche et remâche les souvenirs comme du tabac à chiquer qui s'effiloche lentement sur son palais et colmate sa solitude.

À Eskişehir, la roche sédimentaire oubliée par d'anciennes mers avait alors la fragilité et l'insouciance de leur amour. L'étuve de l'artisan puisait l'eau des veines de la matière blanche, une fois sculptée, tout comme le dénouement de leur histoire passionnelle allait, plus tard, en retirer la sève. Pourtant, rien n'assèchera jamais les souvenirs que Mylène a gravés et incrustés en elle.

Derrière la vitre de sa bibliothèque, les deux sultans immobiles la fixent toujours. Ils gardent comme elle leur part de mystère puisée aux sources de l'Anatolie.

Assise dans son fauteuil, elle tient de nouveau serré contre son ventre le bloc de magnésie ramené du lointain voyage et qu'elle conserve dans un tiroir. Un cœur minéral, encore brut, qu'aucune Aziyadé ne lui enlèvera. Plus tard, se dit-elle, la pipe blanche en forme de main sera son calumet, une fois la paix intérieure retrouvée.

Mylène libère une main pour essuyer ses joues.

Avant de regagner sa chambre, elle s'assure que l'accès au garage est verrouillé. Son regard est attiré par une forme blanche sur le sol. Une enveloppe a été glissée sous la porte par une main inconnue. Elle a un mouvement de recul. Elle pense alors au bruit de moto qui l'a réveillée. Sans doute une lettre pour Océane. Que faire ? la lui donner ou la lire ? Elle se penche et saisit l'enveloppe, surprise que le courrier nocturne soit pour elle.

Au salon, Mylène piétine. Quelqu'un est venu dans la nuit jusqu'à sa porte. Plusieurs fois, elle retourne dans sa main le coupe-papier en écume de mer que Julien lui avait offert. Un objet tranchant qui lui rappelle la lame froide du couteau de cuisine et son geste inachevé. D'un mouvement brusque, elle ouvre l'enveloppe. Aussitôt elle reconnaît la signature de Noémie.

Une lettre par porteur spécial et mystérieux ! Le texte bref de la maîtresse du domaine viticole renouvelle son invitation avec insistance.

Mylène range la lettre dans le secrétaire, au-dessus de celle remise par La Poste quinze jours plus tôt. Elle ne peut s'empêcher d'imaginer l'appel lointain et dérisoire de cette femme qu'elle ne connaît pas, son minuscule signe de la main quelque part dans l'écume épaisse de la nuit.

Deux jours passent, et le présent s'incruste avec toujours plus d'amertume. Jusqu'à ce qu'elle découvre dans sa boîte aux lettres une grande enveloppe brune, de nouveau déposée pendant la nuit par une main anonyme. Elle n'a rien entendu. À l'intérieur, le texte de plusieurs pages dactylographiées n'a rien à voir, cette fois, avec Noémie, et s'annonce bien plus intriguant.

Elle rejoint le salon en vacillant et se laisse choir dans un fauteuil. Elle feuillette rapidement le contenu qui lui brûle les doigts. Aucun indice sur l'auteur. Mais le texte l'invite à découvrir le passé obscur qui manquait à sa vérité, à en croire l'intitulé : Ce que Julien aurait voulu vous dire, afin que vous le pardonniez…

En elle, soudain, la sensation brutale de recul d'un fusil après le coup de feu. L'éblouissement de la poudre au moment de l'explosion et cette balle anonyme qui touche en plein cœur son intimité.

14

La lecture projette Mylène à Istanbul, au moins deux ans plus tôt. Et autant de détails rapportés dans ce témoignage écrit sur la vie de Julien l'interpellent. S'il ne s'agit pas d'un carnet intime, ils ne peuvent être que l'œuvre commune à plusieurs auteurs, se dit-elle.

Son mari est encore dans la grande entreprise parisienne, à la tête du département exportation, et le projet turc se profile : habiller de verre et d'originalité une dizaine d'immeubles de bureaux. La compétition internationale est lancée pour un contrat stratégique qui doit ouvrir une brèche vers les pays turcophones et l'Asie centrale. Un contrat essentiel pour sa société.

Dans le taxi jaune qui l'emmène en ville, Julien est ballotté entre la sensation d'une aventure qui ne ressemble à aucune autre et l'enjeu majeur d'une période d'âpres négociations.

Pour l'heure, dans le chaos paisible de la circulation, il franchit les hauts remparts de la ville posés en visière impassible sur l'œil du temps. Des murailles dressées pour toujours par Alexandre le Grand et l'Empire byzantin. Mais au fil déroulant des siècles, les villes se travestissent de constructions nouvelles, de monuments et de commerces, de banlieues tendues comme de longs voiles de pauvreté.

Autour de lui se resserre le grouillement désordonné d'un peuple bigarré - les descendants des

Seldjoukides et des Ottomans - qui porte dans sa besace un millénaire d'histoire turbulente. Une population multiraciale et foisonnante, à laquelle s'ajoutent sans cesse immigrants et réfugiés.

Le taxi le dépose sur le versant européen d'Istanbul, dans le quartier moderne de Taksim, le long de la Corne d'or. Un estuaire incurvé que chaque coucher de soleil lustre de sa lumière dorée comme on aiguise une lame magique dont le rôle serait de trancher la jointure entre le jour et la nuit, entre deux continents : l'Europe et l'Asie.

Julien défait sa valise sans empressement. Le décor, l'atmosphère, même l'air qu'il respire, tout est dépaysement et s'infiltre lentement en lui. Une ingestion grisante qu'il ne sait expliquer. Il se sent léger, transporté dans un monde différent.

Sa chambre, au douzième étage d'un grand hôtel, domine le détroit du Bosphore et la mer de Marmara. Pétroliers et navires marchands se croisent sur les eaux que le vent fait danser.

Sur la rive opposée commence le plateau anatolien, la grande Asie et son cortège de légendes. Bravant le trafic maritime, ferries et caboteurs tissent une incessante navette entre les deux rives, en araignées besogneuses qui réparent sans trêve les fils rompus de la toile, tandis que les passagers déversés par milliers disparaissent aussitôt dans la ville gloutonne.

Julien fait ses premiers pas dans la cité baroque en compagnie d'Ergun, l'agent local de son entreprise. Un Turc à l'allure bonhomme et au regard d'aigle, un entremetteur de première mis à sa disposition. Releveur de dîme et distributeur d'offrandes, il est le messager chargé de graisser les rouages de la négociation. Julien écoute ses conseils. « Il faut vivre au rythme de la ville », lui dit-il, « déguster le thé et prendre le temps de ressentir le pouls des quartiers ; accepter l'hospitalité des habitants. Enfin, se glisser dans la peau tannée de l'istanbouliote, et tout devient plus facile, vous verrez. »

Les deux hommes devisent ainsi tout au long du déjeuner au passage des fleurs, sur Istiklal Caddesi, l'avenue commerçante qui traverse Taksim. Devant eux s'étalent les plats de meze, une abondante variété de hors d'œuvre qui suffit à un repas : aubergines farcies d'oignons et de tomates, böreks au fromage roulés dans la pâte feuilletée, feuilles de vigne garnies de riz, courgettes et poivrons farcis, et autres mets colorés où l'on puise au hasard, le tout arrosé aux gorgées de rakı. Tandis que sur l'avenue pavée passe et repasse le petit tramway en bois rouge que certains passagers prennent en marche, agrippés à la plateforme.

Le plat principal demeure la ville à découvrir par petites bouchées. Entre deux séances de travail, Julien s'aventure seul désormais dans la foule à la fois turbulente et docile, souple et interlope, dans un coude à coude complice. Il erre dans les vieux quartiers : Sultanahmet, Beyazıt, Eminönü. Au détour des ruelles tortueuses et des placettes glauques, partout on respire les épices et l'encens, la viande grillée, le thé parfumé.

Etonnante mégapole sensuelle et grouillante, ponctuée de mosquées et de minarets. Elle déborde sur plusieurs collines, échappe à tout contrôle. Les appels réguliers et insistants des muezzins ne suffisent pas à calmer l'ardeur des fidèles qui croquent l'instant comme un fruit, dans la simplicité. Et la ville jette des ponts par-dessus le Bosphore comme on tend la main.

La cité géante est une cour des miracles où gesticulent chaque jour plus de douze millions d'âmes. Et elle se grime sans cesse : tantôt Byzance, Constantinople, Stamboul ou Istanbul. Malgré ses métamorphoses et ses craquements, elle reste fière de ses atours de grande séductrice.

Bientôt, Julien marche en somnambule sur les traces de Pierre Loti que l'agent Ergun a pris soin de baliser pour lui. À quelques encablures de la mosquée bleue, un hôtel porte encore le nom de l'écrivain français. D'une main hésitante, Julien pousse la porte. À l'accueil, l'employé africain, un petit homme aux sourcils épais et au sourire complice, s'adresse à lui dans un français limpide.

L'hôte inattendu lui offre le thé, lui parle de l'écrivain français comme s'il donnait des nouvelles d'un ami. Julien l'écoute, acquiesce parfois, s'imprègne de cette époque, au début 1876, lorsque l'enseigne de vaisseau Loti est sur la frégate « La Couronne » mouillée en rade de Salonique, après l'assassinat des consuls d'Allemagne et de

France. Il narre aussi son transfert sur « Le Gladiateur », un stationnaire à l'ancre devant Istanbul, positionné face à la Sublime Porte que l'Europe regarde d'un mauvais œil, en cette période trouble pour l'Empire ottoman.

Navires et équipages sont dans l'attente. Loti s'ennuie. Il se mêle alors à la population locale, déguisé en musulman, et il en brave les mœurs.

Julien accueille avec gourmandise tout ce que lui déverse la bouche africaine aux lèvres rosées : la vie lascive de l'officier français, avide d'aventures et d'objets d'art, et futur héros de ses livres. Et nulle honte ne semble entraver les provocations et autres actes profanatoires de l'écrivain.

La nuit, Loti rencontre en secret Aziyadé, la jeune et belle Circassienne qui s'évade du harem. Pendant que bateliers et portefaix s'agitent sur les quais, l'amant traverse en caïque les eaux tièdes de la Corne d'Or. Puis il rejoint sa belle par les ruelles étroites et sombres de Pera, ancienne ville génoise.

L'auditeur ressort fourbu et ravi de ce voyage insolite sur les lèvres du groom, la gorge échauffée par le thé et les yeux luisants d'admiration pour l'écrivain. Et le fantôme de Pierre Loti irradie désormais son séjour. Histoires et personnages de ses livres lui tiennent compagnie, parfois jusque dans l'espace clos et tendu des négociations.

Il ne prêtait guère attention, au début, à la jeune femme discrète et menue en bout de table. Interprète d'appoint, elle intervenait rarement dans les échanges où prédominait la langue anglaise. Au fil des séances, il découvre ses yeux vert pâle, les reflets blonds de ses cheveux courts ondulés, la délicatesse de son visage. La silhouette de la jeune femme turque prend de l'importance, jusqu'à ce qu'il réalise que son image avait déjà imprimé sa rétine à son insu. Il la sollicite davantage, l'oblige à sortir de sa réserve et à traduire. Et il a le sentiment de ne plus s'adresser qu'à elle. Peu à peu, ils tissent ensemble un dialogue parallèle.

La veille, dans sa chambre d'hôtel, il avait terminé la lecture du roman : « Aziyadé », que Pierre Loti dédie à la belle Circassienne. Le cri d'amour douloureux de la jeune femme, lors de la séparation avec l'officier, résonnait encore dans sa tête. Lorsque l'interprète avait dégagé davantage son buste en avant de la table des négociations, il l'avait vue enfin ! L'héroïne du roman était là, en face de lui, assise à quelques pas, candide. Aziyadé avait pris les traits de l'interprète !
Il garde un moment la tête baissée pendant que l'assemblée traite un sujet sans conséquence.

À la pause, il s'approche de la jeune femme et la félicite pour la pureté de son français. Elle sursaute, renverse un peu de son thé. Est-ce la surprise ou l'émotion ? « Merci », dit-elle en se courbant. Son regard vert est un lac d'eau calme dans le relâchement bruyant de la séance. Elle hausse timidement les épaules et son sourire s'agrandit. « Je l'ai appris au lycée français d'Istanbul », dit-elle à voix basse. « Le lycée Pierre Loti, vous connaissez sans doute ? »

Julien n'ose lui avouer son ignorance. Il sourit, agite faiblement la tête. La langue française et Loti les rapprochent davantage qu'elle ne peut l'imaginer. Il a devant lui la preuve que l'écrivain a su saisir la beauté de la femme pour l'éternité.

Tous deux sympathisent, à tel point qu'un jour de repos Aziyadé sort tout à coup des pages du livre. L'interprète s'évade de son rôle restreint comme d'un harem imaginaire. D'un pas léger, le négociateur et la muse franchissent ensemble les eaux tranquilles de la Corne d'or, en face de Pera. Et leurs pas les mènent jusqu'au café Pierre Loti, sur les hauteurs d'Eyüp, là où l'officier de marine a vécu son amour secret avec la Circassienne, dans une petite maison disparue, auprès d'une fontaine. Il avait alors contre lui le règlement, la morale et la religion, et ses origines occidentales, autant dire le monde entier.

Le couple clandestin avait pourtant partagé une saison de bonheur, dans le risque et la fantaisie. Souvent, les amants émergeaient au plus profond de la nuit, épuisés de caresses, et Loti raccompagnait sa belle qui s'esquivait sans bruit sur un caïque et regagnait sa geôle.

Julien et la jeune femme sortie du roman sont assis en terrasse devant un thé au jasmin. L'air est doux, et une légère brise fait trembler les cheveux blonds en même temps que les feuillages alentour.

Au-dessous des maisons s'étendent de vastes cimetières parsemés de mausolées, de sépultures tristes sans fleurs ni couronnes, comme le veut la tradition musulmane. Depuis les hauteurs ombragées du café, on distingue l'amorce d'un sentier qui serpente entre les stèles et dévale la pente jusqu'au tombeau sacré d'Eyüp, le porte-étendard du prophète Mahomet qui repose près de la mosquée.

Dans le silence religieux de l'après-midi, Julien songe à toutes ces résurgences fantomatiques de l'époque impériale qui hantent encore la colline. Tout près de lui rayonnent les prunelles vertes de l'interprète, comme au fil des pages de sa lecture : deux fleurs épanouies sur un corps fragile, un frêle bouquet d'innocence, des pupilles qui s'ouvrent sous la rosée lacrymale et ne semblent battre que pour lui. La jeune femme le regarde avec une curiosité épanouie. Elle lui sourit, et il se prend à rêver.

Son plaisir sera de courte durée car la jeune femme, employée provisoire pour les palabres commerciales, disparaîtra deux jours plus tard dans les profondeurs insondables de la ville géante, sans laisser de traces. Il ne lui restera plus que le doux sillage d'un mirage.

15

Désormais, Julien est coutumier des avions rouge et blanc de la compagnie nationale turque, dans leur va-et-vient entre Orly et Istanbul. Il reconnaîtrait entre mille le parfum et le déhanchement des hôtesses au teint mat. Le confort des sièges en classe affaires : champagne et repas sans viande de porc. Un moment de détente dans un délicieux hamac en apesanteur.

Une nouvelle fois, il décolle pour Istanbul. Une coupe pétillante à la main, il pense à Ergun, confiant en leur offre. Les Allemands - principal concurrent - sont plus chers. Encore une ou deux semaines d'échanges, et tout sera fini avant juillet. Les navires français chargés de verre pourront bientôt appareiller. On sera alors étonné par la gigantesque flottille, véritable iceberg de verre, qui va croiser au large de la Méditerranée et remonter lentement le détroit des Dardanelles, jusqu'à la mer de Marmara, et les navires déverseront leur précieuse cargaison d'or blanc. On verra passer sur les mers des immeubles entiers, leur torse resplendissant de lumière. Leurs reflets immenses dans le ciel, au point de retarder la nuit.

À dix mille mètres d'altitude, bercé par le bruit régulier des réacteurs, Julien s'offre un rêve de grandeur. Il s'éponge le front, conscient de divaguer un peu.

Dans les airs, on se sent plus fort. L'espace nous emporte dans sa démesure. L'ambition n'a plus de limites. On échappe à la gravitation des lois terrestres et universelles. On flotte, libre et léger, entre un départ et une arrivée, en mouvement entre deux pays, entre deux mondes. Toutes les décisions sont suspendues, les obstacles effacés. Le temps d'un long soupir d'avion, on peut alors s'inventer de nouvelles aventures et reconstruire ses rêves. Julien ne s'en prive pas.

À l'autre bout du voyage, la traductrice avait été remplacée depuis longtemps, mais il conserve intacte l'image de cette Aziyadé comme un cadeau miraculeux qu'il devait à Pierre Loti. Une fantaisie offerte par l'auteur qui règne encore sur une parcelle historique de la Turquie, du cœur de Stamboul jusqu'aux flancs irisés d'Eyüp.

Sur le siège voisin se tient une femme brune, les paupières closes sur un visage lisse, presque adolescent. Ses longs doigts fins refermés sur les accoudoirs, et sa robe mauve qui bat au rythme lent de sa respiration. À quoi peut-elle bien rêver ?

L'avion traverse une zone de turbulences et la passagère, toujours endormie, bascule la tête vers lui jusqu'à frôler son épaule. Le magazine a glissé de ses genoux et découvre ses jambes. Il imagine son ventre qui respire sous le tissu. Une douceur d'enfant émane de ce corps au repos, et il pense à Océane, sa fille.

La jeune femme voyage avec lui. On lui a imposé une juriste pour le dernier round de discussions. Sarah est Eurasienne. Elle vient d'un cabinet indépendant. Julien l'avait côtoyée sur d'autres dossiers, sans vraiment la connaître. Il sait qu'elle n'a pas trente ans, l'esprit vif et déjà une longue expérience des négociations internationales. De leurs rencontres professionnelles, il garde d'elle un sentiment de distance et de préciosité, un soupçon de prétention qui l'indisposait un peu. Pendant quelques jours, il lui faut l'accepter telle qu'elle est, et réunir leurs forces pour emporter l'affaire.

Ce qui le dérange le plus, c'est de perdre sa liberté. Ne plus aller à sa guise dans la ville d'Istanbul, entre deux séances de laborieux marchandages. Ces moments privilégiés où il déambulait au hasard sur les marchés, parmi les odeurs d'épices et les voix criardes, à la découverte de vieilles maisons en bois au détour de ruelles oubliées, à franchir la porte de nouvelles échoppes, à pousser la curiosité jusqu'aux impasses glauques où la vie résiste, où le pouls bat au ralenti. Les regards des vieillards et des enfants y brillaient toujours d'un espoir démesuré. Plusieurs fois dans son errance, il avait cru apercevoir la silhouette furtive de Pierre Loti. Une silhouette sans doute inventée, mais qui lui tenait compagnie et le rassurait.

Le pilote a amorcé la descente. Sarah s'étire. Même au prix d'une imagination fertile, elle ne pourra jamais reconstituer dans ses plus beaux rêves la ville d'Istanbul telle qu'il la connaît, une ville secrète et intime où elle va s'aventurer pour la première fois. Une mégapole déroutante et rebelle, où la surprise jaillit devant chaque pas, une ville lestée de temples et de mosquées qui lui donnent bonne conscience. Imprévisible, elle ronronne comme une vieille chatte, ou exulte de rumeurs et de prières comme autant de diversions.

On la découvre par petites touches prudentes, comme on se risquerait à caresser un pachyderme et à capter ses frissons. Elle se livre un peu à ceux qui s'y attardent avec sincérité et attention, à l'écart des vitrines touristiques.

L'agent Ergun les attend à l'hôtel. Sans tarder, ils vont remettre l'offre finale au meilleur prix. À leur étonnement, plusieurs négociateurs turcs ont changé. Rencontre tendue. Explications confuses. Les Turcs repartent avec les documents de Julien, le regard ombrageux et le front bas. Ergun a l'attitude sombre de ses compatriotes, peut-être par mimétisme.

Maigre réconfort de Julien : l'allure optimiste et décontractée de Sarah et aussi l'étrange douceur des soirées de juin sur la cité où le charme diffus de l'Asie se répand comme un enchantement. La mer, le Bosphore et la ville entremêlent leurs odeurs à l'atmosphère apaisée du soir. Au-dessus des minarets ciselés de la mosquée bleue, les mouettes découpent de fines dentelles sur le ciel cristallin. Les oiseaux donnent sans relâche un ballet silencieux tandis que les pointes acérées des six minarets, en gardiens immémoriaux de la foi, s'usent lentement contre le ciel.

On arrive ainsi jusqu'au vendredi, une attente exténuante entrecoupée de brèves discussions, et le client turc leur demande brusquement de prolonger leur séjour. À tout moment, ils peuvent être convoqués. On sent des deux côtés l'envie d'en finir, et de décider enfin du fournisseur de verre.

Julien et Sarah dînent avec Ergun dans la ville ancienne. Ensemble, ils décortiquent les soubresauts de la négociation, préparent une stratégie de dernière heure. L'agent les rassure un peu, mais il garde le front bas, un soupçon d'inquiétude au fond des yeux.

Lorsqu'ils regagnent l'hôtel, l'orage gronde dans le lointain, sur la mer Noire, et les éclairs viennent lécher les contours imprécis de la ville encanaillée avec la nuit. Julien a un étrange pressentiment. On dirait qu'une tempête se prépare et qu'il va lui falloir du courage.

Le lendemain matin, la ville d'Istanbul est encore engourdie. L'orage est passé pendant la nuit. Julien a mal dormi, contrarié par la tournure des évènements. Sur la terrasse ensoleillée de l'hôtel, il partage en silence le petit déjeuner avec Sarah.

Il s'étonne toujours de ces moments de vie inattendus qui rapprochent des êtres ayant si peu en commun, et en éloignent d'autres qui ne rêvent que d'être réunis. Les événements nous promènent par la main à la surface du monde, d'un point à l'autre, et chaque fois en situation différente. Est-ce pour tromper l'ennui, pour nous mettre à l'épreuve ou pour mieux nous perdre ? Il ne sait plus très bien où il en est, ni ce qu'il fait là avec une inconnue. Alors, il pense à Mylène et Océane. Il sourit à sa tasse de café cependant que les rayons de soleil en transpercent la surface et sombrent dans le liquide noir, basculent sans bruit dans l'envers du décor.

À perte de vue, le ciel étire maintenant un bleu limpide, cicatrisé. Sur le Bosphore, des reflets argentés courent le long des navires en transit vers la mer Noire, vers les ports de Géorgie ou d'Ukraine, de Bulgarie ou de Roumanie. Le jour se recompose lentement et chacun va reprendre sa place, tenir un rôle sans savoir si c'est celui qui lui convient le mieux, ni s'il l'a vraiment choisi.

Sarah relève la tête. Elle regarde autour d'elle. Une brise à peine naissante hisse des odeurs d'acacia jusqu'à la terrasse. « On a une journée magnifique », dit-elle brusquement, « si nous allions nous promener en ville. » Elle prend un air ravi de fillette impatiente. Julien est encore dans ses pensées. Il hésite, songe au contrat. Il doit informer son directeur, sans doute parti pour un week-end en famille dans sa maison de Normandie, et lui demander conseil. Et la partie turque peut les convoquer à tout moment.

Sarah porte maintenant sur lui un regard suppliant, baigné de cette douceur contagieuse et suffocante qui avait envahi la ville, la veille au soir. Il ne sait quasiment rien de cette femme. Si, son intelligence habile ! Et puis, elle l'effraie un peu par sa nature distante, sa jeunesse, sa beauté provocante et ludique qui s'accorde si bien aux charmes illusoires de l'Asie, aux ambiguïtés d'un monde oriental déjà inscrit dans ses gênes.

Il s'entend répondre contre sa conscience : « vous avez raison, Sarah. Allons en ville. Ergun peut nous joindre sur mon téléphone mobile. Ce serait dommage de gâcher une si belle journée. »

Le taxi dévale le boulevard Ismet Inönü et longe le Bosphore. Ils sont à l'arrière, silencieux. Sarah porte un pantalon de toile clair et un chemisier crème, le teint rehaussé d'un maquillage léger sur les paupières et les joues, les oreilles décorées de boucles en ivoire. Son parfum de fleurs poivrées déborde de son siège. Elle regarde distraitement les trottoirs s'animer. Un garçon tient sur la tête un plateau de simits. Un passant l'arrête presque par réflexe, et repart en grignotant son petit pain brioché en forme de couronne, piqué aux grains de sésame. Une matinée croustillante s'ouvre devant eux.

Sur le pont de Galata, à l'embouchure de la Corne d'or, des pêcheurs à la ligne se penchent par-dessus la rambarde. Ils attendent qu'un peu de vie se prenne à leur hameçon tout en regardant défiler les reflets de la ville, leurs prières emportées au gré des courants.

Sur le versant d'en face, les minarets embusqués depuis des siècles harponnent patiemment l'espace céleste où frétille encore la foi. À chacun sa manière de pêcher, songe Julien.

Le chauffeur les dépose sur la colline, à la mosquée Süleymaniye. On aperçoit de loin ses dômes en cascade encadrés par quatre minarets. L'oeuvre de l'architecte Sinan et le rêve accompli de Soliman le Magnifique. Autrefois, la mosquée abritait dans ses appendices une véritable cité : hôpital, école, hammam, bibliothèque... La vie sociale est désormais rognée. Les rares boutiques du quartier se sont peu à peu retirées loin des hauts murs sacrés. Un maigre cimetière subsiste, accroché comme du lierre au flanc de l'édifice, avec ses stèles de dignitaires surmontées d'un fez, d'un turban, ou d'un relief de fleurs selon le sexe du défunt.

Sarah semble emportée dans une méditation profonde qui l'éloigne encore davantage de son compagnon du jour, sans doute interpelée par ses origines à demi asiatiques. Elle ne dit rien. Elle le suit comme un automate jusqu'au turbé où repose le sultan Soliman et son épouse favorite, Roxelane. Leurs pas s'enroulent autour de l'histoire d'un empire, piétinent la poitrine essoufflée du peuple ottoman, la fierté et la misère ensevelis sous des milliards de prières, ainsi que les intrigues de Cour et tous les bruits de guerre, foulés et refoulés.

En sentinelle sur la colline, l'imposante mosquée est ainsi enchaînée aux mouvements incessants de la ville, aux battements lents de la mer de Marmara et au plateau anatolien qui a vu passer tant de migrations et de souffrances, et pour lesquelles le chant des muezzins est resté impuissant.

Julien songe à Pierre Loti, noctambule et arpenteur impénitent des lieux de spiritualité, sous son grimage musulman. Il a sans doute posé ses pas sur ces dalles de pierre, attiré par la majesté de l'édifice, ou par quelque éphèbe ou beauté voilée qui rôdait alentour, tandis que d'un antique couvent voisin s'élevait dans le soir la complainte des derviches hurleurs.

En contrebas de la mosquée, les rues s'enracinent dans la pente. Julien trace le chemin. Sarah le suit. Elle s'adresse soudain à lui simplement, comme à un ami ou un confident. Enfin débarrassée du masque avec lequel elle le tenait à distance, comme si sa méditation l'avait purgée des gestes calculés et de sa réserve. Une résurgence inédite de la foi en son prochain ! Tous deux lorgnent au passage les petites échoppes sombres, les ateliers étroits et poussiéreux où l'on entend battre l'acier et le cuivre. Dans un élan de confiance, Julien lui raconte alors ce qu'il sait de la ville.

Ils longent l'université d'Istanbul, son portail monumental de style mauresque, et traversent le grand marché aux puces de la place Beyazıt, un parloir surréaliste des galériens du troc. Ralentie par la foule, Sarah s'accroche à son épaule. Il entend sa respiration saccadée, devine quelques mots trop familiers pour y croire.

Au-delà, ils s'engagent dans la ruelle du marché aux livres. Contre les murs s'élèvent ouvrages d'art et livres ordinaires, reliures, enluminures, cartes et vieux documents. Dans ce vaste moulin aux ailes de papier, le souffle asthmatique des vieilles boutiques serrées et repues de silence surprend Sarah. Les pages tournent et se mélangent sous les regards envieux des badauds, dans une odeur enivrante d'encre et de parchemin. Un univers de voyages et de liberté qui donnerait le vertige même aux plus réticents.

Enfin, les jambes alourdies de fatigue, ils contournent le Grand bazar et font étape dans la cour ombragée d'une ancienne medrese, une école coranique transformée en salon de thé et en fumerie de narguilé. Un havre singulier à l'écart de l'avenue et du bruit, où Julien venait parfois trouver refuge. La petite cour est parsemée de tables basses et de sièges en bois. Des Turcs d'un âge avancé fument leur narguilé dans le recueillement. Ils observent un instant ces clients égarés du monde moderne.

Le serveur pose des braises sur le tabac à la pomme. Sarah aspire. L'air chargé de fumée serpente lentement dans le réservoir d'eau, et son parfum fruité embaume le palais de la jeune femme. Elle rit, aspire de nouveau. La joie sur son visage a remplacé le maquillage. Elle s'abandonne. Dans la cour paisible, les volutes de fumée rejoignent ainsi, dans les hauteurs, les effluves de thé et l'odeur de gözleme, spécialité de crêpe farcie à la viande ou au fromage.

Elle s'applique à fumer à la turque, les coudes calés sur les cuisses et le narguilé tenu très haut. Les joues empourprées et les yeux en feu, elle agite un peu son chemisier. Son plaisir glisse lentement vers une douce ivresse. Le retour des gestes ancestraux dans ce décor magique, tandis que Julien la regarde avec étonnement.

Il lui dit sa conviction que, dans cette ville sans barrières, quelques pas de côté suffisent pour changer d'époque et retrouver les manières et les traditions d'antan. Comme si elle s'attendait à sa remarque, elle répond aussitôt que ce côté mystérieux de l'Asie surprendra toujours les Européens. « Jamais ils ne pourront comprendre le mode de vie asiatique », ajoute-t-elle.

Dans la fumée ambiante qui se prolonge, son visage se raffermit comme si elle s'éloignait de nouveau et que chacun dût reprendre pied dans son monde. Surtout ne pas confondre Occident et Orient ! Chaque matin, le soleil revient arbitrer leurs différences et défaire la brasure de la nuit.

Au cœur brûlant de l'après-midi, ils prolongent leur errance vers le quartier de Sultanahmet, rejoignent l'hippodrome où se déroulaient les courses de chars, à l'époque byzantine. Sur la place écrasée de soleil et de piétinements, se dressent en majestés immuables l'obélisque égyptien et la colonne serpentine, patinés par des millions de regards.

Julien longe ensuite Sainte Sophie et entraîne Sarah jusqu'à la citerne-basilique de Yereban, vers un étonnant théâtre d'ombres. Un escalier mène sous terre au « palais englouti », la gigantesque citerne byzantine du sixième siècle qui alimentait autrefois en eau la ville et ses palaces.

Sous la cité, dans le silence et la pénombre, s'élève une forêt de colonnes funambules qui surgissent des eaux basses. Un univers étrange et embrumé qui prend le visiteur dans ses mailles. Plus de trois cents colonnes de marbre et de granit surgissent des eaux stagnantes, sous une voûte de briques aux arcs réguliers, à peine éclairée. Des hauts mâts cylindriques de style corinthien et d'épaisseur inégale, comme si le temps en avait rongé certains, ou que l'on avait paré au plus vite pour soutenir une voûte piétinée par le peuple impatient et assoiffé.

Depuis ce navire stationnaire enlisé dans les bas-fonds du passé et dont les mâts se disputent les ténèbres, Sarah reste un moment immobile, la mine émerveillée. Dans la lumière tamisée, on distingue la plate-forme de bois tendue par-dessus les eaux. L'air est humide, saturé, et le silence épais, perforé par moments de gouttes d'eau qui viennent frapper la surface calme du lac. Au loin, la voûte assombrie annonce un ciel d'orage.

Ils avancent lentement sur le pont traversant. Par endroits, des yeux de paon sculptés en relief sur les colonnes ressemblent à des larmes suspendues. Des colonnes pleureuses, peut-être érigées à la mémoire des esclaves disparus dans l'édification de la citerne !

Dans cette forêt étrange, sous son feuillage de pénombre, on dirait que tout peut arriver, le meilleur comme le pire : une embuscade de brigands, un assaut de pirates. Des gouttes tombent parfois sur eux, et font un décompte à rebours de leur sursis sous terre.

Tandis qu'ils s'avancent sur la plate-forme, dans la fraîcheur tenace de l'air, une sensation d'angoisse envahit la jeune femme. Julien sent la main de Sarah dans la sienne. Il la serre fort. Sa voix d'homme résonne étrangement : « À certaines périodes », dit-il, « on donne ici des concerts de musique classique. » Et pendant qu'il parle, il imagine la musique qui s'enroule autour des colonnes, inonde la citerne et ricoche contre la voûte. Une musique surgie du néant et qui soulève en tempête le niveau des eaux. Et lui, arc-bouté sur le pont battu par les vagues et le vent, retient la jeune femme dans ses bras. Il la protège de son corps trempé cependant que la féerie musicale emporte tout sur son passage, dans un vacarme étourdissant.

Son cœur bat plus fort. Il ferme alors les yeux et la tempête s'apaise. Il sent battre dans sa main le pouls de Sarah, et vibrer en lui comme une musique intérieure.

Tout au bout de la citerne, quelques marches en bois descendent vers une curiosité. Les deux colonnes reposent sur leur socle de granit. Chacun des socles représente une tête de Méduse, divinité grecque. Le visage aux traits grossiers des belles endormies, leur chevelure tressée de serpents. On peut presque toucher leurs faces sereines. L'une a la tête renversée, les cheveux dans l'eau, l'autre est couchée de profil, une joue immergée, comme si elles avaient été jetées à la hâte sous ces derniers piliers dressés dans l'urgence. Des méduses bafouées et sacrifiées par l'empressement des hommes.

Dans leur pose insolite, les têtes géantes fixent les passants. Julien et Sarah sont figés, côte à côte, absorbés par les deux faces muettes. Une pluie fantasque vient pianoter les eaux ternes qui les entourent, dénouer le recueil du silence au fond de la caverne. La jeune femme frissonne, puis elle attire doucement Julien contre elle, et leur corps se réchauffent un peu au contact l'un de l'autre.

Est-ce pour réconcilier les Méduses entre elles et adoucir leur présence que leurs visages se rapprochent, et que, sans un mot, leurs lèvres se joignent ?

Autour d'eux, la pluie bat maintenant au rythme de leurs cœurs. Lorsqu'ils ouvrent de nouveau les yeux, une lumière bleutée court sous la voûte. On peut y voir les prémices d'une éclaircie dans le ciel de Yereban, ou simplement une flamme nouvelle qui vient de naître dans ce foyer fertile de l'Asie où l'impossible peut se produire.

Lorsqu'ils sortent de la citerne-basilique, Julien se frotte les yeux. La lumière vive, l'agitation de la rue. Il n'a pas rêvé : Sarah est toujours là. Elle pose sur lui un regard nouveau, comme si elle le découvrait : « tu es beau », dit-elle d'une voix gourmande. Elle lui caresse le front et la joue du bout de ses longs doigts magiques. Il sourit. Il a oublié la professionnelle rigide. L'envie lui vient de mordre les deux pointes dressées sous le corsage crème, de sentir et caresser sa peau tendue. Une femme en noir, couverte d'un tchador, les frôle soudain et son odeur de musc se glisse entre eux.

Leurs envies les aspirent vers le Bosphore, vers la mer. Vers le courant naturel de la vie, d'autres horizons à découvrir ensemble. Ils s'élancent dans les rues en pente, longent un moment le tramway. Julien réalise qu'il est sorti des rails de la société légale, des règles strictes qui écartent sentiments et désirs des sens.

Ils se sont tout à coup affranchis des limites et des frontières, opèrent en territoire neutre et rien d'autre ne semble compter que leur jouissance du moment. Ils cheminent ainsi gaiement entre plages d'ombre et de lumière, pareils à de jeunes amoureux. Ils traversent le « bazar égyptien », un vaste marché aux épices. Les grands sacs ouverts tout le long des allées débordent de cannelle et de safran, de thé et de curry, de vanille, de henné. Des sacs gonflés d'arômes et de couleurs desquels s'échappent de petits nuages délicats qui envahissent leurs narines.

À la sortie du marché, ils atteignent le quai Eminönü. L'air du large en pleine face. Des odeurs de poissons grillés. Des gestes de départ. Autour d'eux, un désir de voyage brille dans le regard des passants.

À l'embarcadère, Julien négocie la location d'un bateau. Un navire de cinquante places avec son équipage, pour une promenade sur le Bosphore, rien que pour eux. Enlacés sur le pont supérieur trop vaste et venté, ils larguent les amarres et filent vers l'inconnu, le cœur léger. Le poids du continent européen et de ses traditions castratrices désormais derrière eux.

Le bateau décrit une boucle en longeant les rives du Bosphore : les palais de marbre, les yalı au bord de l'eau, de vieilles maisons en bois restaurées, des résidences somptueuses aux terrasses ensoleillées, des villages de pêcheurs. Par endroits, de grandes ponctuations de verdure viennent lécher les eaux de passage. Et plus loin, au-delà d'Ortaköy, s'élève un pont jeté entre deux mondes, tel un immense baiser arc-en-ciel.

En fin d'après-midi, la lumière décline dans la chambre d'hôtel. Sarah observe par la fenêtre les cargos qui se hissent vers la mer Noire, puis se retourne tout à coup vers Julien. Quel tableau magnifique dans le cadre aérien de la fenêtre ! Visage lisse, buste aux courbes découpées dans le ciel. Un nuage lointain, posé sur son oreille, mêle un peu d'ouate à ses cheveux noirs. D'un geste brusque, Julien déchire la toile. Il l'attire vers lui, défait son chemisier. Sa peau brune et gracieuse enfin accessible ! Il peut lire l'impatience dans ses yeux en amande.

Le sujet de la toile s'anime, dégrafe son soutien-gorge qui tombe à ses pieds. Son buste nu remplit alors l'espace et les pupilles de Julien. Un sujet à demi dénudé qu'il détache avec précaution du cadre imaginaire et qu'il emporte jusqu'au lit, tel un butin précieux.

Tandis que les grands navires glissent le long du Bosphore avec leur chargement, en route vers des ports ignorés, deux corps remontent furieusement le courant d'une passion nouvelle, naviguant à l'instinct. Dans un corps à corps fougueux d'où jaillissent les petits cris de Sarah : ses appels de sirène dans le soir annoncent un bonheur éphémère qui pourrait à tout moment se briser.

Le lendemain se passe dans le même état de fièvre et de complicité, entre promenades et étreintes. Le temps n'a plus de prise sur eux. Julien a mis de côté ses devoirs légitimes. L'agent Ergun n'a pas appelé. Il lui laisse un répit inespéré, un aparté où il s'est glissé avec l'inconscience d'un adolescent, aveuglé par une aventure qui le dépasse, victime consentante de ses pulsions, sur le terreau fertile d'une cité qui lui fait perdre la raison. Une parenthèse à deux, dans un pays complaisant où il oublie jusqu'à son passé et tous ses engagements.

De nouveau, ils s'endorment dans les bras l'un de l'autre, lorsque le téléphone sonne. Ergun adopte un ton étrange : « j'ai de mauvaises nouvelles », dit-il. « Les Allemands reviennent avec une offre moins chère. Il va falloir baisser nos prix. Nous avons rendez-vous lundi matin, à dix heures. »

Encore ensommeillé, Julien émerge contre son gré d'un conte de fée. Est-ce qu'il a bien entendu ? De sa voix éraillée, Ergun l'interpelle avec des commentaires dérangeants, et le doute se précise. L'agent ne jouerait-il pas un double jeu au profit de ses compatriotes en le forçant à baisser une nouvelle fois les prix ? Il se redresse brusquement sur les coudes, et les mots s'enchaînent : « ne soyez-pas aussi pessimiste, Ergun. Nous avons la meilleure proposition depuis le début, le client le sait très bien. Allons, soyez confiant, nous en discuterons calmement demain. Venez nous rejoindre à l'hôtel, au petit déjeuner. » Et il lui raccroche au nez, mal à l'aise.

Sarah a entrouvert les yeux. Elle s'est retournée sur le ventre et se rendort, les cheveux en désordre, en partie découverte et les jambes écartées. Il lui caresse le dos d'un geste apaisant. Irréelle présence dans son lit. Sous ses doigts, les formes concrètes d'une jeune femme ravissante tombée du ciel : posture offerte et la peau tiède. Il n'y a plus de distance entre eux. Leurs corps se connaissent, se sont épuisés l'un contre l'autre.

L'attitude distante de Sarah ne peut être qu'un moyen de défense contre les hommes, se dit-il, un bouclier contre les prédateurs en tous genres.

Jamais il ne lui avait caché son statut d'homme marié, de père de famille. Leur relation coupable prend l'allure d'un défi insensé ! Mylène et Océane attendent son retour, il le sait. Et le remords le traverse tout à coup comme un long sanglot.

Julien éteint la lampe de chevet. Il ne retrouve pas le sommeil. La réalité l'a rattrapé, cruelle. On ne se débarrasse pas de son passé comme on pose son sac à dos sur une étagère, pour le reprendre plus tard. La lumière insistante du monde extérieur coule le long des doubles rideaux. L'éclairage lumineux de son réveil creuse la nuit. Il entend au loin une sirène de bateau, un chant lugubre et triste. L'inquiétude d'Ergun a réveillé son instinct et ses réflexes professionnels.

Dans les bras de Sarah, il avait oublié jusqu'à la raison de sa présence à Istanbul, ville flatteuse et envoûtante, truffée de pièges et de chausse-trappes. Un miroir aguichant, enjôleur, qui peut broyer votre image ! Il croyait bien la connaître cette ville. Il s'y était plongé une nouvelle fois sans méfiance, seulement l'espace d'un week-end de rêve. Mais le rêve prend une allure de leurre.

Au petit matin, il est éreinté. Malgré la présence rassurante de Sarah et leur complicité silencieuse, une ombre flotte dans sa tête. La salle à manger de l'hôtel est déjà pleine de gens parfumés, les yeux encore gonflés de sommeil ou de fatigue après leur voyage de la veille. Malgré cela, tous paraissent déterminés à affronter la ville et ses obstacles.

À table, l'intimité du couple s'est désagrégée. Chacun a repris son rôle. Ergun a la main qui tremble. Il renverse du café sur la nappe. Si l'on écarte la mine trouble du porteur de nouvelles, l'ambiance matinale n'est qu'enthousiasme à la ronde. Sarah, dans un tailleur bleu clair qui met en valeur ses charmes, ne laisse rien paraître des excès du week-end. Elle trempe un croissant dans son thé, écoute, impassible, les complaintes de l'agent local : « je vous assure que je suis inquiet », dit-il. « Les dernières nouvelles ne sont pas encourageantes. Je vous conseille de… »

Est-ce par défi ou par fierté que Julien le rabroue ? Dans la salle, les odeurs familières du thé, du café et du pain grillé se mêlent aux conversations, aux allées et venues. Julien ne veut pas entendre son discours qui contraste avec les visages et les gestes autour de lui, avec cette rumeur de confiance qui monte tel un roulement de tambour. Il ne veut pas de l'angoisse qu'Ergun essaie de lui communiquer.

Julien sourit à Sarah. Il cherche son soutien, au moins un regard approbateur. Elle est occupée à son thé, indifférente au reste. Certes, il n'y a pas là matière à analyse juridique ! La jeune femme a l'air absente, peut-être encore dans un rêve d'accouplement. À la table voisine, deux hommes en costume l'observent du coin de l'œil, et Julien ressent un pincement de jalousie.

Tous trois se lèvent enfin. Ils pensent à la rude journée qui les attend, mais chacun est isolé dans ses idées ou écorché par ses doutes.

16

Etait-ce pour atténuer par avance le choc de la vérité que Mylène convoquait si souvent ses meilleurs souvenirs d'Anatolie ? Car son intuition lui disait déjà que le malheur sur son couple prenait sa source en Asie.

Elle repose sur ses genoux les feuillets dactylographiés qu'elle vient de lire.

L'empreinte du passé de Julien est là, consignée par une ou plusieurs mains anonymes. Des faits anciens et douloureux, mais devenus incompressibles dans sa mémoire. Ils échappent à la prescription, ils se conjuguent avec d'autres actes où sa propre présence peut témoigner. Il lui reste à raccorder patiemment les morceaux entre eux, à donner consistance à la vérité et en nourrir son opinion.

L'année d'avant la rencontre de Julien avec le vieux pressoir et l'amorce du chantier de prestige sur la presqu'île, leur vie familiale glissait encore sur son meilleur versant.

À Paris, les derniers jours de juin annoncent les chaleurs de l'été. Julien est rentré d'Istanbul depuis une semaine, déjà absorbé par d'autres dossiers. Le directeur général entre brusquement dans son bureau. « Nous venons de perdre le contrat turc », dit l'homme furieux. « Vous n'aviez donc rien vu venir ? » Julien met quelques secondes avant de réaliser. Et une sorte de cri de douleur lui échappe : « ce n'est pas possible ! »

Toutes les impressions d'Asie lui reviennent en vrac avec un sentiment de trahison, un dégoût violent. Ses découvertes dans les rues d'Istanbul, autant de fausses pistes ! Des semaines entières vécues dans l'illusion. L'illusion d'avoir la meilleure offre, que la cité l'accueillait à bras ouverts et que la logique allait l'emporter comme une fleur piquée entre les lèvres offertes d'Aziyadé. Il s'était laissé berner par le charme, les odeurs, les apparences. Un décor factice de théâtre et de manigances ! L'impression futile que tout s'abandonnait à lui, ses désirs assouvis comme une offrande, avec une générosité aveuglante. Non, il n'avait rien vu venir, manipulé telle une marionnette.

D'ailleurs, le directeur en rajoute, cinglant : « C'est pourtant la réalité ! Les Allemands ont gagné. Vous étiez en Turquie pour obtenir ce contrat, pas pour une partie de jambes en l'air. » Il sort en claquant la porte. Le carambolage des mots et la brutalité des gestes, les murs qui vacillent. En vérité, c'est Julien qui chancelle.

Quelques mots avaient suffi pour condamner pêle-mêle son manque de clairvoyance, l'excès de confiance et son comportement privé. Instinctivement, il prend le téléphone, appelle le cabinet juridique. Une secrétaire lui répond. Sarah n'est pas disponible. Il repose l'appareil. Il n'a personne avec qui partager sa déception, ou plutôt ce qu'il faut désormais désigner par son nom : un échec ! La perte d'un contrat de la plus haute importance pour son entreprise. L'ouverture inespérée du marché en Asie qui se referme.

À l'évidence, il n'avait pas su démêler à temps les fils ténus de la logique asiatique, si éloignée de son approche cartésienne.

Aurait-il sous-estimé les réseaux d'influence, le pouvoir de l'argent et les possibles retournements d'alliance ? Autant de négligences et de naïveté de sa part. Pourquoi n'avait-il pas écouté davantage les conseils d'Ergun et alerté sa hiérarchie des menaces nouvelles qui planaient les derniers jours ? Il n'ose s'en avouer les raisons.

Tous ses plans s'effondrent tel un château de sable. Oui, il avait suffi d'un week-end d'inattention dans les bras de Sarah pour que la réalité de l'échec - un mot dont il ignorait jusqu'alors la morsure profonde - le rattrape. Il voudrait encore croire un instant qu'il s'agit d'une erreur, une ultime désinformation de la concurrence. Cependant, le miroir cinglant d'Istanbul ne lui renvoie plus l'image de sa confiance naïve, ni celle idyllique d'Aziyadé, mais son propre visage défait.

Le sort le dépasse et la défaite est amère. Comment l'annoncer à Mylène ? Elle va bientôt partir pour Nice avec Océane. Il les voit déjà allongées sur la plage, l'esprit en paix. Soleil, baignades et farniente, loin des tracas de la région parisienne. Elles attendent ces vacances avec impatience. Il ne veut pas éteindre leur joie. Il ne leur dira rien. Ou peut-être lorsqu'il les rejoindra, à la fin de juillet.

Il avait songé à profiter de ce répit estival pour mettre de l'ordre dans sa tête et ses sentiments contradictoires, et peut-être revoir Sarah une dernière fois. Leur rencontre est devenue incontournable, car elle seule est en mesure de comprendre son état d'accablement et de l'apaiser peut-être.
La nouvelle de l'échec doit se répandre comme la foudre dans les étages de la direction, songe-t-il. Il n'ose pas sortir du bureau, ni préparer sa défense.

En quelques éclairs, Julien revoit tel un mirage ses longues traversées conquérantes, le cœur vaillant, chevauchant les avions rouge et blanc, la crinière sensuelle des hôtesses : un manège enchanté qui le transportait à neuf cents kilomètres à l'heure vers une caricature de succès, vers le royaume merveilleux d'Aziyadé, sous le règne du désir et de l'aventure, une vitrine ambulante qui berçait ses rêves. Et à la surface du globe, les bateaux chargés de verre, qu'il croyait sur le départ, ont désormais disparu.
Le voyageur aux valises remplies d'optimisme a sombré dans un trou d'air, et il ne sait pas encore jusqu'où l'entraîne la chute. La réalité affligeante des affaires lui semble bien éloignée des miracles de la littérature et du champ miné des sentiments.

Une porte s'est refermée brusquement et claque encore sur les talons du directeur général. Close aussi, par sa faute, la porte à peine entrouverte sur le marché asiatique. Il grimpait en douceur dans la hiérarchie de l'entreprise. On lui avait laissé entrevoir une promotion. Un autre espoir désormais englouti dans les méandres du Bosphore !

Les premiers jours de juillet ont ainsi un goût d'amertume. Julien se risque dans les couloirs de la Direction. Les cadres se tiennent à distance, avares de paroles. Sur leurs visages graves, il perçoit quelque chose qui ressemble au mépris. Il a cassé le ressort de l'entreprise à l'exportation. Il ne cherche même pas à se justifier. Alors, l'isolement se resserre, ronge ses nerfs.

Lorsqu'il parvient à joindre Sarah au téléphone, elle l'écoute en silence, répond quelques gentillesses sur un ton détaché. Sa voix est neutre, indifférente. Il comprend qu'elle a repris ses distances. Les jours suivants, il n'arrive plus à la joindre. Sarah n'est jamais libre. Les messages sur répondeur et à la secrétaire restent sans retour. C'est à croire qu'elle l'a éjecté de ses pensées et du navire où ils croisaient sur le Bosphore, dans l'intimité du moment et l'insouciance du lendemain.

À Paris, l'été grandit tel un gouffre. Julien est seul avec son fardeau. Mylène ! Songe-t-il, Mylène ! Tu es mon dernier recours. Mais il ne veut pas la tourmenter, ni lui mentir. L'ignorance la protège. Ils avaient pris l'habitude d'évoluer dans leurs milieux professionnels distincts, chacun de son bord, comme sur une planète idéale, les soucis gardés sous l'étouffoir : une idée comme une autre de ne partager en famille que les bons moments. Entretenir un foyer serein, avec toujours au premier plan l'image obsédante du bonheur central : leur fille Océane, pure et lisse comme leur relation de couple. Un miroir qui ne voulait pas voir leurs imperfections.

Dans cette zone de non-partage, Julien s'est peu à peu octroyé des libertés qu'il a crues innocentes et passagères. Il s'est imaginé que les instincts naturels que son corps charrie ont un droit d'existence, sans ne rien altérer par ailleurs. Et l'éloignement de l'Asie agissait comme une frontière étanche, une sorte de pardon.

Le voilà face au miroir véritable : lui-même, seul chez lui et isolé dans l'entreprise. Il dort mal. Il se rend au bureau la tête basse, les traits tirés. De jeunes cadres ambitieux rôdent dans ses parages comme autour d'un agonisant. Le soir, il s'endort devant la télévision, une bouteille de whisky sur les genoux.

Sarah est quelque part dans la ville, et son silence l'exaspère. Ont-ils réellement vécu la rencontre passionnelle dont il garde le souvenir ? À Istanbul, aurait-elle cédé à un moment d'égarement ou de distraction dont il aurait été la victime consentante ?

Il voudrait effacer ces moments volés à la sincérité de son couple et à la fidélité. Jamais il n'avait envisagé une relation durable avec Sarah, mais la brutalité de la séparation lui est insupportable. Dans son état de faiblesse, la vexation s'ajoute à l'échec car c'est avec elle seule qu'il pourrait en parler et rechercher une explication sensée.

En quête de la faille, Julien se remémore l'atmosphère surannée et ensorcelante de la citerne-basilique, un palais englouti propice à l'aventure, aux gestes insensés. Sur le lac souterrain, les Méduses endormies dans une pose insolite et lascive. Ce sont elles qui ont encouragé leur étreinte. Un maléfice qu'il pourrait payer très cher. Puis il y eut le crépuscule et les cargos en marche sur le Bosphore. Et Sarah, irrésistible joyau incrusté dans la fenêtre de l'hôtel. Enfin, leurs deux corps qui basculent dans les mêmes sensations intimes, l'insoutenable frénésie des sens.

Ensuite, dans la nuit sourde de l'hôtel, alors qu'il avait relâché sa garde, le coup de poignard d'Ergun au téléphone. Et Sarah, sirène endormie qui l'étouffe encore de sa douceur. Puis un doute l'effleure tout à coup : le double jeu de Sarah, Matta Hari au service de l'ennemi ! Et lui, tel un coq en rut incrédule ; la crête triomphante et le jabot gavé de prétentions. Julien referme les yeux. Les images sautent et se déforment. Un cauchemar défile sous ses paupières rougies. Il avale une autre gorgée de whisky, une manière de purger sa peine. Dans ses yeux qui papillonnent, des larmes se mêlent aux regrets.

Ainsi s'éternisent les journées paresseuses de juillet, au moins une quinzaine, des journées pesantes, interminables. Julien va et vient du domicile au bureau, guidé par l'habitude. Assis devant ses dossiers, il se tient la tête. Une migraine persistante. Il lève les yeux vers la clarté du ciel. Une bouffée de lumière anime sa rétine. Il marche sans entrain jusqu'à la fenêtre du huitième étage, observe l'avenue en contrebas. Les voitures filent vers le sud, vers l'évasion et l'oubli : autant de départs matinaux, synchronisés au coup de revolver.

Au fond, il suffirait de les suivre jusqu'aux premières limites de la Méditerranée où Mylène l'attend, rutilante et dorée sur le sable, les seins pointés au soleil. Il imagine que la vague taquine la plante de ses pieds, une mer cajoleuse et jalouse. Il visualise son corps, un récif sensuel, un refuge qui lui manque terriblement. Et à l'horizon, très loin, là où le soleil revient inlassablement chaque matin, c'est l'Orient et ses défis absurdes. La foule remonte les rues d'Istanbul pour fêter la victoire des Allemands. Le délire des verriers vainqueurs, leurs rires et leurs cris de joie. Et pour se consoler, il n'a que du whisky en perspective.

Julien déverrouille la fenêtre du bureau et se penche. Il retient son souffle. Dans son dos, le cadre familier où il se sent désormais inutile, incapable de réparer sa faute dans l'univers impitoyable de l'entreprise. Sa main droite pendouille dans le vide. Il essaie de creuser ce vide qui l'aspire, d'y faire un nid douillet. Un sourire narquois grandit sur ses lèvres. Il entrevoit une issue. Il attire une chaise jusqu'à lui, lorsqu'un son strident le dérange. Le téléphone ! Quelqu'un l'appelle. Après un temps d'hésitation et des gestes lents, il arrive trop tard pour répondre. Il reste assis sur son siège à fixer l'appareil silencieux.

Un matin pourtant semblable aux autres, il tarde à s'extraire du lit et renonce à se mettre en branle pour le bureau. Il ne se reconnaît pas dans la glace. Son visage de damné l'effraie. Paupières et jambes lourdes, il s'affale dans un fauteuil et ne bouge plus. Comment disparaître, se demande-t-il vaguement, comment s'effacer sans bruit dans l'indifférence de la grande ville cruelle ?

Il pense à ses parents, à son enfance. Redevenir un embryon que l'on jette par mégarde dans un tonneau avec un peu de soufre. Dans un foudre en chêne semblable à ceux dans lesquels son père élevait le vin, à ceux qu'il récurait à grands coups de bruyère. Etre enfermé dans un tonneau et ballotté par le nectar, bercé dans une solitude enivrante. À l'extérieur, il entendrait la grêle frapper les parois de chêne, les reproches rebondir sur les lattes serrées dans leur gaine métallique. À moins que ce ne soit de la terre que les balais de bruyère des croquemorts déversent sur lui.

Est-il encore capable d'un sursaut ? Il se rappelle qu'une femme avait franchi de son plein gré les chutes du Niagara enfermée dans un tonneau en bois. Elle avait survécu ! En 1901, Annie Edson Taylor, soixante-trois ans, avait démontré que l'on peut survivre en milieu hostile.

Ce matin-là, lorsque les forces lui reviennent un peu, Julien s'aventure dans la rue. Péniblement, il atteint la salle d'attente du médecin de famille. Depuis sa chaise, il écoute le chant des moineaux par la fenêtre ouverte. Le soleil entre en abondance, éclabousse les murs tapissés de grosses fleurs rouges. La journée est douce, la vie encore à portée de main. Mais une impression le submerge : la lumière vive projette autour de lui des taches sanguinolentes qui l'accablent davantage. Lorsque son tour arrive, le praticien fronce un moment les sourcils avant de reconnaître son patient.

La sentence lui fait l'effet d'une gifle : surmenage, grosse fatigue, chute de tension, abus de boissons alcoolisées et début de dépression. Le médecin fait une moue inquiète : « il faut vous soigner au plus vite, mon ami. Vous mettre au repos. Je vais vous prescrire un traitement de choc. Et plus une goutte d'alcool, vous m'entendez ! Vous courez à votre perte. »

Pendant tout le sermon, le médecin tient l'index levé tandis que Julien courbe l'échine. Dehors, les moineaux chantent encore plus fort. L'homme en blouse blanche arpente son cabinet, puis se décide brusquement : il saisit le téléphone et appelle Mylène.

Sans attendre, elle accourt à son chevet. Sa belle frimousse un peu froissée et la chevelure de blé en désordre sur une peau déjà dorée, elle s'en veut de n'avoir pas vu venir la fatigue et la détresse de Julien, de l'avoir laissé sombrer dans l'isolement. Avec le recul, elle regrette les obstacles à leurs échanges. Le travail de chacun, les soucis quotidiens, les transports, la course contre la ville et le décompte impitoyable de l'horloge. Les bras ballants, elle admet avoir tourné le regard égoïstement vers ses propres vacances, avec Océane. Mais elle est là désormais : il n'est plus seul.

Il la regarde longuement, comme il ne prenait plus le temps de le faire. Il redécouvre ses gestes doux, sa crinière aveuglante et son sourire épanoui, sa générosité. Il reconnaît celle qu'il a épousée et ne le regrette pas. Il mesure sa chance. Il cherchait Aziyadé en Asie, alors qu'elle était auprès de lui, trop près sans doute.

Elle l'a pris sous son aile et se montre forte pour deux. Elle l'étonne encore par sa patience, son énergie dans la gaieté. Nul doute qu'elle est sa ressource et sera son meilleur remède.

En moins de deux semaines, son cauchemar s'éloigne. Julien garde en lui ces retrouvailles qui valent tous les trésors d'Asie. L'habit d'aventurier ne lui allait guère, il en est convaincu après coup. Et de sa tentative conquérante en terre asiatique qui a mal tourné, il doit à Mylène la stricte vérité. Enfin ! Une partie au moins. Sur le pouvoir de séduction des Méduses, rien ne presse. Mais après l'épreuve du palais souterrain qui a emporté ses illusions, il a acquis une conviction : Pierre Loti ne sera plus son mentor.

17

Les feuillets accablants reposés sur la table, Mylène s'offre une pause. Elle aspire à l'apaisement dans sa villa blanche, sur les flancs du Mont Faron. Un lieu propice au mûrissement de la vérité. Elle ressent le besoin de revenir sur les images de jours vécus dans la complicité du couple et à leur étonnante capacité à s'affranchir alors de tous les obstacles.

Le Chiraz-Kachgaï sur le mur lui offre la chaleur de sa laine venue des hauts plateaux persans. Il lui tend les bras et son voile protecteur. Il redonne de l'éclat à ses prunelles égarées et tristes.

Avec Julien, ils s'étaient pourtant rapprochés du ciel et du bonheur sacré, irréversible, sur les terres d'Anatolie. Elle avait aussi admiré son sang-froid dans la montagne, alors qu'ils semblaient égarés.

Ils cheminaient depuis Ankara jusqu'à la côte méditerranéenne, épaulée par la chaîne du Taurus, au nord d'Antalya. Sur la route de Denizli, ils avaient gravi ensemble le mont Güllük par un sentier rocailleux et escarpé, en pleine chaleur de midi. La poussière des pas et la sueur sur le front voilaient un peu la vue. Parfois, leurs mains se joignaient, s'entraidaient dans l'effort. Mais leurs maillons unis résistaient aux pierres glissantes, aux ronces et à la végétation qui rongeaient le sentier. Ils étaient seuls dans cette montée vers l'inconnu. Ils progressaient, les muscles arc-boutés sur la pente et les traits creusés. Des oiseaux cerbères leur jetaient au passage des cris de menace ou d'indignation. Faisant fi de leurs avertissements, ils approchaient lentement du sommet.

Après un brusque virage à droite, apparaissent enfin, entre les arbres, les premiers vestiges de Termessos, une cité antique abandonnée. Ils traversent la nécropole jonchée de sarcophages et de tombeaux lyciens, tous éventrés ou effondrés, comme si l'on s'en était pris violemment à la mort, dans une bataille de l'au-delà ou plutôt l'œuvre terrifiante des tremblements de terre et des stigmates du temps, de la foudre et de la vengeance cruelle du ciel et aussi des mains sacrilèges des hommes, au fil des siècles. Tous semblent s'être acharnés contre ces hauteurs divines pour leur faire régurgiter leurs morts, et les laisser dévorer au soleil.

Dans la lumière crue qui illumine le sous-bois, l'anarchie des pierres tombales et des mausolées évoque une fin du monde. La vie était dans l'impasse, et ses reliefs dispersés. Ainsi, même la mort n'a pas pu franchir le col de la montagne, vaincue par la barbarie. Aucun squelette humain n'a résisté et les animaux ne viennent plus veiller sur ces témoignages d'un passé dissolu.

Les Dieux, s'ils existent, ont abandonné le peuple décimé à son destin funeste.

Mylène n'ose pas rompre le silence qui a tendu un linceul imaginaire sur ce cimetière romantique et dépouillé. Mais Julien l'entraîne toujours plus loin. Ils traversent l'agora et les temples aux ruines enlisées, prisonnières d'un maquis tenace. Et là, le souffle coupé, s'offre une récompense à leur acharnement, à leur curiosité : un immense théâtre de l'époque hellénistique est posé en gradins sur la falaise, au sommet de la montagne et d'autres sommets le contemplent depuis le lointain.

Vision saisissante des étages de pierre grise, du mur de scène en parfait état. Un théâtre ouvert sur le vide, bâillement céleste d'une mâchoire de géant dans un ciel ahuri, tandis que sur les flancs d'une montagne voisine les nuages de brume se hissent péniblement vers les cimes.

Sur les plus hautes marches des gradins, ils se tiennent enlacés, encore sous l'effet de leur découverte. Autour d'eux, un panorama grandiose, illimité, avec le sentiment de toucher le paradis. Il n'y a pas âme qui vive alentour, dans cette cité perdue.

Debout jusqu'à l'infini et sans artifice, le ciel lui-même devient personnage de théâtre, et l'on se demande qui regarde l'autre dans ce silence étourdissant et qui tient le rôle principal. Alors, il prend délicatement entre ses mains le visage de sa femme et dépose un baiser sur la pointe de ses lèvres : élévation ultime, bouches confondues dans une pureté sonore. L'écho de leur baiser rebondit sur les travées de pierre, gagne la falaise, se propage dans le vide et disparaît par-delà les nuages à la traîne sur le versant d'en face.

Dès lors, la signature de leur amour fût gravée inexorablement dans le paysage infranchissable de Termessos, une cité fantôme où vécut autrefois le peuple guerrier des Solymes à l'agressivité légendaire.

Mylène est prise de vertige tout à coup. Est-ce l'ivresse de l'altitude, un mélange de crainte ? Elle a le pressentiment que tout ce qui l'unit à Julien pourrait se disloquer, être absorbé par les ténèbres, écrasé par la puissance des sommets chargés d'Histoire, tout comme la nécropole éventrée, saignée de sa vie mortuaire.

Ils respirent ensemble le silence enivrant de ces hauteurs peuplées d'ombres du passé. Elle serre encore plus fort son mari contre son cœur si frêle et minuscule dans le décor de géant où la vie d'un peuple s'est abîmée. Car même unis, ils ne seront toujours que poussière dans la nature foisonnante qui a concentré si haut révoltes et combats féroces et les ambitions les plus téméraires des hommes.

Avec lenteur, ils s'éloignent du vide qui fait son théâtre permanent et s'enfoncent dans les bois. Ils se perdent sous les frondaisons, un fouillis de buissons et de chênes verts d'où surgit de temps à autre une clairière. D'une vallée ignorée montent des voix déformées, leur écho en réalité. Une présence lointaine qui fait prendre peu à peu conscience à Julien de leur égarement. Le sentier a disparu. Ils sont seuls sous une ligne de crête, cernés de broussailles, d'arbres touffus. L'épaisse végétation leur masque l'horizon et ses points cardinaux. Julien ralentit le pas et tend l'oreille. Il retient son inquiétude. Il se penche, cueille des fleurs blanches et les offre à celle qui lui fait une confiance aveugle.

Mylène repère un coin de verdure où elle s'étend. Elle repose ses jambes cotonneuses, l'odeur du bouquet de fleurs dans les narines. Dans le calme tout autour et l'intimité. Elle s'abandonne à la rêverie, la chevelure éparpillée et ses membres détendus. Julien glisse une main sous le corsage où palpite sa peau tiède. Il sent son ventre de femme battre le rappel. Il lui défait la ceinture, fait glisser son pantalon. Ses hanches puis ses cuisses fermes s'offrent nues sur un lit d'herbes. Et le soleil déverse ses reflets dorés sur sa parure de mousse blonde au croisement des cuisses que Julien recouvre lentement de son ombre.

Ils ne sont plus que deux êtres perdus dans les parages de la mort et l'éblouissement des cimes. Ils ensemencent leur amour dans la mémoire des lieux. Et elle était le tombeau vivant de sa jouissance, songe-t-elle, avec le recul et les événements qui ont détourné depuis le cours naturel de leur vie.

Elle en est convaincue, rien ne pourra jamais séparer un amour élevé si haut, qui a résisté aux assauts muets de la montagne fratricide, aux fantômes guerroyants des Solymes et aux dangers de la perte de ses repères.

Cette nouvelle épreuve surmontée ensemble avait rendu son couple invulnérable. C'est ainsi, du moins, qu'il est gravé dans sa mémoire.

18

Autre lieu, autre temps, autre décor aussi dans le passé de Julien et son éclatement de prisme, sous l'angle de la petite entreprise prospère qui transforme le verre au grand plaisir des yeux.

Il y exerce ses talents depuis plus de six mois déjà. La cathédrale de verre a, ce soir-là, des allures de fête pour la traditionnelle journée « porte ouverte » de juillet.

Les invités regroupés dans le hall d'exposition applaudissent René, après son discours de bienvenue. Le patron est jovial, le visage poupin et la mine ravie. Il lève sa coupe de champagne. Lorsqu'il complimente en public son nouveau directeur commercial depuis janvier, Julien serre Mylène contre lui. Océane porte sur les gens un regard pétillant. Elle n'a pas l'habitude du champagne.

Ainsi dépouillé du bruit des machines alentour, des plaques de verre en mouvement que l'on taille et que l'on forme, de la menace qui peut faire jaillir le sang à tout instant, le hall de l'entreprise est un grand cœur qui bat de toutes ses couleurs amplifiées par les miroirs et les projecteurs, les rires et les gestes enthousiastes des invités. Mais derrière les parures de la décoration, le verre reste une arme blanche qui se fait oublier.

Dans la cathédrale en liesse débarrassée de ses aspérités, Julien garde en bouche un arrière-goût d'amertume. Il y a un an à peine, c'était l'amorce de sa dépression. Une fine coupure dans ses certitudes qui s'était élargie jusqu'à l'hémorragie. La confiance s'en était allée à grands flots. Avec le recul, il mesurait mieux son imprudence et son échec, l'excès d'alcool et sa dérive. Tout cela pesait encore sur sa conscience. Les soins durant l'été, la période de convalescence et le couperet final : la direction de l'entreprise lui avait conseillé de changer d'air, définitivement. En clair, son avenir professionnel était ailleurs, loin du groupe verrier auquel il avait tant donné. Qu'il se rassure, on ne l'ébruiterait pas. On l'aiderait : solidarité oblige entre anciens élèves d'une grande école.

Voilà comment un cadre au destin prometteur avait abouti dans ce modeste écrin de verre qui détournait l'attention de ses erreurs passées, loin de la capitale et de ses rumeurs.

Charles avait ensuite remis le doigt sur l'ancienne blessure. Plus grave encore, il s'en servait comme chantage à son offre d'emploi.

L'œil aux aguets, Julien supervise les invités souriants qui vont et viennent, un verre à la main dressé tel un cierge dédié à sa nouvelle entreprise. Clients anciens et futurs, amis et familles, autorités locales, tous sont là, ignorant son passé et sa faute professionnelle. Mylène ne lui en parle jamais. La réussite dans son nouveau poste de directeur commercial avait produit l'effet d'un coup de balai sur son épopée parisienne. Il se réjouissait presque d'avoir saisi l'opportunité d'un nouveau départ sur une terre vierge, d'une vie familiale paisible dans le Sud, loin de l'acharnement carriériste.

Par moments, le bruit sec d'un bouchon transperce le flot épais des conversations d'une ponctuation brève qui fait trembler quelques mains, tandis que d'autres vont et viennent par-dessus les tables en verre, chargées de petits fours. Des mains voraces jamais rassasiées. Et tout autour de lui, les visages dilatés se rient d'un rien.

Par le jeu des miroirs, Julien voit soudain grandir la silhouette imposante de Charles. Sa voix grave recouvre même les murmures sur son passage, obligeant les convives à hausser le ton.

Le marchand de biens est seul, sans Noémie. Il distribue poignées de mains et tapes dans le dos. Il salue le maire, le député, s'attarde auprès des notables. Il fait campagne sous le toit de verre. Paraît-il que l'homme a des relations jusqu'en Italie, pas toujours recommandables à ce qu'on en dit. Il est maintenant tout proche, essoufflé et radieux.

Julien fait les présentations. Charles lève son verre, l'air taquin : « vous m'aviez caché ces beautés », dit-il. « Si bien entouré, vous êtes un homme comblé ! » Puis ses petits yeux malicieux détaillent l'adolescente fraîche au teint clair, aux attraits de femme qui percent sous l'écorce de sa jeunesse. « Cette jeune fille m'a l'air sportive », conclut-t-il. « Si elle veut faire du cheval, amenez-la donc à la propriété ! Je lui apprendrai avec plaisir. » Océane se rapproche de son père tandis que Charles vide d'un trait sa coupe de champagne. Il s'éponge le front, se penche vers Mylène. « Chère madame », dit-il, « j'aurai sans doute le plaisir de vous revoir. Une longue coopération se prépare avec votre mari. » L'homme fait un clin d'œil au directeur commercial puis se détourne vers un autre groupe.

Julien dépose un baiser sur le front d'Océane comme pour la rassurer, une façon aussi d'éviter le regard de sa femme et toute question embarrassante. « C'est un bon client de l'entreprise », dit-il assez fort. « Il a un grand domaine à la campagne, et un vignoble. Son épouse est très gentille. Dommage qu'elle ne soit pas venue ! Figure-toi qu'il possède deux chevaux de race. Sa fille a commencé très jeune à monter. » « Je préfère la danse », réplique Océane d'un ton ferme. Son père songe surtout à la menace qui vient de les frôler, à la vérité que le marchand de biens aurait pu déverser devant Mylène et les invités, et faire vaciller sa réputation dans l'entreprise, son avenir également.

Julien noie sa gorge de champagne et s'efforce d'afficher une mine détendue. Il réalise que son destin et celui de son couple dépendent en partie d'un client aux réactions imprévisibles. Des bribes de leur conversation sur la terrasse du petit port, quelques jours plus tôt, lui reviennent en écho. Et le monologue de Charles, lorsqu'il feignait de s'adresser aux étoiles, la tête rejetée en arrière devant une deuxième chope de bière. Et aussi ses paroles frappées au coin du bon sens. « Tu sais », disait-il, « tout comme toi j'ai grandi dans cette région. J'ai beaucoup observé les gens, leurs habitudes et leurs travers. J'ai beaucoup écouté. J'ai mis du temps à comprendre comment ils fonctionnaient. »

Tout en dévidant ses paroles dans le vide, l'individu respirait fort et cherchait les mots justes, ceux qui exprimeraient le mieux sa philosophie enracinée dans le pragmatisme. « Comme partout », avait-il ajouté, « il y a les bons et les méchants, les forts et les faibles, les exploitants et les exploités, les courageux et les fainéants, et bien entendu les riches et les pauvres. Tu dois apprendre à les reconnaître. Surtout, choisir ton camp, ne pas te le laisser imposer. »

Dans quelle catégorie Charles se situait-il ? Il avait alors retroussé ses fines lèvres au milieu de sa bouille ronde et satisfaite. « J'ai fait tous les petits métiers que j'ai trouvés », avait-il ajouté, « uniquement pour comprendre les gens et leurs comportements. Ma seule instruction, c'est la psychologie des gens et une bonne dose de culot. Ça vaut ce que ça vaut, mais ça fonctionne ! »

On peut se salir les mains et s'enrichir davantage qu'avec un beau diplôme, pensait Julien, pendant que Charles parlait au ciel, adroitement et presque en confidence, et ses paroles retombaient en pluie fine sur son élève attentif.

« Un beau jour », avait dit l'homme, « je me suis mis à mon compte. J'ai acheté un terrain vague à un couple de personnes âgées dans le besoin. Je l'ai revendu en deux parcelles viabilisées. Sans tapage, je me suis installé comme marchand de biens et j'ai multiplié les pains... »

D'un revers de main, il avait effacé la mousse de bière sur sa bouche, avant de livrer sa botte secrète : « Tu sais, mon garçon, dans la vie, il faut être plus malin que les autres. Ce n'est pas la peine de partir très loin, à Paris ou à l'étranger… Quand tu jettes un caillou dans l'eau, il faut le faire à proximité pour maîtriser les ronds qu'il va produire et qui s'agrandissent sous tes yeux. Tu vois aussi les reflets dans l'eau, l'image qu'elle te renvoie, l'effet que tu produis. Tu peux faire des ronds de plus en plus grands, que tu contrôles et qui deviennent ton territoire. Et qui se méfiera de quelques petits ronds qui s'élargissent peu à peu ? »

Le conteur avait eu un soupir d'aise, les yeux grands ouverts sur le ciel qui se remplissait de nuit tel un vaste miroir sans tain. Julien voyait briller les étoiles de ces évidences en même temps que l'offre pernicieuse du marchand de biens lui cognait aux tempes.

Le lendemain matin des festivités, le hall de Découverre a repris son usage habituel. Assis à son bureau, Julien tente d'évacuer la traînée résiduelle d'un mauvais rêve de la nuit passée : Charles y dévoilait à Mylène son infidélité et son égarement, à Istanbul. Mais il est interrompu par la secrétaire qui lui passe une communication personnelle. Une femme insiste pour vous parler, dit-elle. Elle ne veut pas donner son nom. Ce ne peut-être que Mylène, pense-t-il légèrement inquiet. Le marchand de biens aurait-il parlé ? Ou a-t-elle un souci avec Océane ?

La voix de femme au téléphone ne lui est pas inconnue. Sylviane ! Quelle surprise ! Elle s'excuse de le déranger. « Pas du tout », dit-il, « en juillet la moitié du personnel est en vacances, et l'autre moitié attend des nouvelles auprès du téléphone. » Ils rient ensemble, et il a l'impression qu'ils ne se sont jamais quittés depuis que le chien les a éclaboussés sur la plage, au meilleur moment de leur complicité. Mais la jeune femme amorce un sujet délicat : « je sais que mon père vous a fait des propositions. Surtout, réfléchissez bien… »

Ainsi, Charles avait parlé ! Qu'avait-il dit exactement ? Que savait-elle de son passé ? Après tout, il n'avait tué personne. Seul son honneur était en jeu. Et comment doit-il interpréter son conseil ? Un encouragement ou un appel à la prudence ? Julien reste silencieux. D'autres propos de son client sur la terrasse du café, après deux bières, lui reviennent : « cette maison sur les hauteurs, j'aurais pu en confier la décoration à une autre entreprise, mais j'avais mes raisons pour vous choisir. »

« Je vais venir bientôt », dit Sylviane. « Malgré la chaleur, je compte monter un peu mon cheval. Est-ce que vous pratiquez l'équitation ? » Il répond que non, hélas ! « C'est bien dommage », dit-elle.

Un souvenir de galop lui traverse l'esprit. Il revoit la séquence d'un film en noir et blanc des années mille neuf cent soixante : « Les désaxés », de John Huston. Marylin Monroe y croise Clark Gable, un cow-boy solitaire. Avec un troisième larron juché sur la plate-forme arrière d'un véhicule, ils vont à la chasse aux chevaux sauvages dans le désert de l'Arizona. Lorsqu'ils débusquent une horde de mustangs, le troisième comparse capture au lasso un poulain et la jument. Il s'approche ensuite de l'étalon désemparé, à l'étonnement du cow-boy qui aurait visé en premier le meneur de bande.

Julien comprend alors la préférence de Charles pour une méthode sournoise : viser d'abord les plus faibles. Voilà à quoi ressemblent ses ronds dans l'eau, à une méthode de désaxé ! Il étouffe ses victimes à petits coups de lasso, abuse de leur confiance. Un soupçon de fierté le touche à l'idée que Sylviane s'attaque, elle, à l'étalon de la famille alors que son père s'en était pris sournoisement au poulain inoffensif, en invitant Océane à monter à cheval.

Après la chevauchée mentale des animaux sauvages, le silence est retombé sur leur conversation. Il écoute la respiration de la jeune femme, économe de mots. Elle a sans doute autre chose à lui dire. Elle hésite. Il a envie de l'entendre, de lui mettre des mots en bouche pour qu'ils lui reviennent ensuite, enrobés de sensualité, de son parfum sauvage, et de toutes les qualités qu'il lui avait trouvées lors de leur déjeuner en tête-à-tête.

Bien sûr qu'il ressent une envie folle d'amorcer la pompe rafraîchissante des mots pour oublier sa solitude du moment. Mais comment lui dire qu'il aimerait qu'elle le masse avec ses paroles, puisque tel est son métier ? Qu'elle l'apaise avec ses onguents de douceur et son empathie naturelle. Il attend, les yeux mi-clos, lorsqu'elle se décide enfin : « vous savez », dit-elle, « j'ai parlé de vous à mon frère Albin. Il est content que nous nous soyons rencontrés. Ça lui semble même important », ajoute-t-elle un peu crispée, comme si cet aveu lui coûtait. « Il aimerait beaucoup vous connaître. C'est une question de… »

Une question de quoi ? reprend Julien, avec un soupçon d'impatience dans la voix. « Excusez-moi », dit Sylviane. « Je dois y aller, à bientôt. » Et elle raccroche, le laissant seul, sans réponse ni massage.

C'est encore l'ombre du marchand de biens et pourvoyeur de maux qui s'interpose entre eux et recouvre ses pensées.

19

Ainsi passe l'été, avec lenteur et sans surprise. Il déroule le bitume chaud des jours jusqu'au seuil de septembre. Leur premier été de résidents sur la côte, entrecoupé d'une escapade en montagne et c'est déjà la rentrée scolaire pour Mylène et Océane.

Un matin, Julien remarque des rassemblements en bordure de route. Les vendanges ont commencé et il ne s'en était pas aperçu. Enfant, il aurait guetté, impatient, la maturité du raisin et tâté les grains chaque jour. Il aurait donné l'assaut glorieux avec les hordes de vendangeurs.

Dans la lumière matinale, les cueilleurs sifflent et chantent. Ils se donnent du courage, disparaissent dans les vignes, ces longs ruisseaux de verdure, et en ressortent les mains chargées de grappes dodues, lourdes de raisins sucrés et gorgés de soleil. Après leur passage, les rameaux se relèvent un peu, soulagés d'avoir mené le raisin à son terme.

Partout les caves des domaines et des coopératives vinicoles bruissent de cascades nouvelles. On a allégé les vignes et le jus de raisin gicle, limpide et vigoureux. On écoute sa course folle dans les orgues jusqu'au berceau de la cuve où il se love dans un recueillement propice à l'éclosion des premières saveurs.

Depuis des siècles, les mêmes gestes se répètent et produisent le même miracle. La naissance du vin blanc nerveux et frais, du rosé sec, saisi à la saignée de la cuve, fruité en bouche, et du vin rouge charpenté. Par leurs gestes précis, les faiseurs de vins façonnent avec adresse le jus folâtre qui s'était d'abord emmêlé dans le fouloir mécanique, comme autrefois dans les pressoirs manuels. Un breuvage qui gagne en sagesse dans la fraîcheur et le silence des caves obscures où il repose et fermente. Et le bois de chêne va lui donner sa rondeur, renforcer ses arômes et ses tanins.

C'est à ces souvenirs ancrés dans les chairs que Julien songe sur le chemin du retour vers l'entreprise, aux vendanges d'autrefois avec ses parents. Il porte toujours en lui le germe tenace de la vigne, comme un virus dont on ne se débarrasse jamais complètement. La robe et le corps du vin si fluide, si délicat, si souvent caressé des yeux : premier flirt pudique de son enfance, amour coupable de sa jeune bouche.

D'un simple effort de mémoire, il y retrouve toute l'intensité de sa première rencontre charnelle avec une femme, telle qu'elle fut décrite par l'écrivain Jacques Laurent : « des femmes-vignes qui, lorsqu'elles font l'amour avec des hommes, enroulent leurs vrilles autour des membres sexuels et retiennent leurs partenaires qui n'ont plus qu'à prendre racine jusqu'à ce que des rameaux sortent de leurs doigts pour porter des grappes ».

Il ne peut s'empêcher de penser que son attrait pour la femme procède de la même pulsion incontrôlée qu'il avait enfant pour la vigne et son jus doré, pour la poitrine nourricière de la treille et les ceps habillés de verdure. Et il regarde ses mains, ses doigts gonflés de sève, ses bras durs comme les branches de vigne. Ne serait-il pas lui-même le produit hybride d'un tel accouplement ?

On arrive à la fin septembre, une journée froide et ventée. Les vendanges sont terminées. Sur le chantier de la presqu'île, les surfaces vitrées sont en place. Le jacuzzi couleur émeraude a des profondeurs d'océan. On a recouvert la pyramide d'un voile opaque, un linceul pudique. Ainsi protégées, les scènes de Bacchus ne seront dévoilées qu'à la livraison de la villa. Les femmes grappes et vignes apparaîtront alors, bardées de tous leurs charmes et enluminées de soleil. Dans les salles, miroirs et glaces fixes brillent déjà comme des balises, tandis que les miroirs-espions se fondent dans les murs.

La forteresse sur les hauteurs a revêtu ses plus belles parures. À quelques retouches près, elle est parée pour séduire et tenir un siège contre les hordes de curieux et d'admirateurs.

Julien en repart rassuré. Cette fois, se dit-il, mon contrat est rempli. La relation contractuelle avec le marchand de biens touche à sa fin. Ce n'est plus qu'une question d'heures, au pire de quelques jours.

Sylviane viendra-t-elle à la cérémonie de livraison ? Tous ensemble, ils iront de nouveau déjeuner à l'ombre du vieux-pressoir. Pendant que René parlera fort, les lunettes embuées de vapeurs d'alcool, Sylviane lui susurrera à l'oreille le secret qu'elle retient depuis longtemps. Il lui sourira, la consolera. La jeune femme posera sur lui un regard langoureux. Il sentira sa respiration proche, haletante.

Julien tourne brusquement le dos à la villajoyau et aux innombrables questions sans réponses. Il est en route vers d'autres projets. Il n'a pas encore donné sa réponse à Charles. Pourquoi quitterait-il la décoration, la transparence et la magie du verre, son domaine d'expertise, pour rejoindre un milieu d'embrouilles ? Malgré l'attrait du vignoble, il ne se sent pas l'âme d'un détrousseur de biens. Il n'est pas assez habile au lasso pour la chasse au client-gibier.

En même temps, une envie le titille de relever le défi, telle une insignifiante piqûre au cerveau qui défie le rationnel. En somme, il est encore sur le fléau de la balance, dans un état de légèreté et d'incertitude. L'aventure qui lui est proposée ressemble à une provocation, voire à un défi. Le ciel nettoyé par le mistral a l'aspect cassant d'un miroir qui ne reflète rien de précis sinon un soupçon de doute. Par endroits, le bleu limpide et lisse souffre de quelques imperfections. Peut-être le ciel se craquelle-t-il, tel un immense pare-brise qui pourrait à tout instant voler en éclat.

Il traverse à vive allure la plaine et ses vignes détroussées. Par endroits, il ne leur reste plus qu'une mince parure pour cacher leur misère. Envolées les myriades de bulles blanches et rouges, englouties dans la gueule des pressoirs. Et voilà que sur la route invisible entre présent et avenir lui revient une scène du passé qui lui avait parue anodine autrefois, et son étrange résonance aujourd'hui. Avait-t-il existé des précédents ? La vigne avait-t-elle déjà été condamnée en place publique ? Car quel autre sens donner à sa singulière rencontre faite en Avignon, dans un jardin public, à deux pas d'une église ?

Julien revoit l'énorme treillis métallique élevé sur la place. Pas un jeu de construction, non : une multitude de cages, de cubes superposés, érigés là en pleine lumière. Dans chacune pendait un cep de vigne décapité à la base, et sans ramures. Des ceps ternes aux branches noueuses, pareilles à des moignons exsangues. Une vague odeur de sève alentour, tels les restes d'une agonie.

Les ceps étranglés balançaient au soleil, dans l'indifférence, leurs branches vers le bas. Deux enfants couraient autour en riant. Sur les bancs voisins, des femmes tricotaient et papotaient sans un regard pour la scène. Un prêtre traversa la place la tête baissée, ennuagée de prières. Les enfants continuaient leur ronde sous le balancement des ceps pendus haut et court. Personne n'entendait la plainte sourde de la vigne sur l'échafaud, personne ne subodorait une scène de meurtre rendue publique.

Le lendemain, le ciel est apaisé lorsque Julien s'engage entre les alignements de peupliers. Il regrette que le mas des hirondelles ait été débaptisé. Ce nom allait bien à Noémie, à ses déplacements rapides et silencieux, toujours l'œil vif.

Au bout de l'allée, le chien aboie. Il accompagne la voiture jusqu'à la Mercedes blanche près de laquelle le visiteur se gare. Sous la douce feuillée des platanes, moteur coupé, le silence reprend ses droits. Le chien se tient assis, sans hostilité apparente. Il a reconnu l'odeur du conducteur.

Un peu hésitant, Julien cherche une présence du côté du mas. La porte est fermée. Il vérifie l'heure, puis s'avance dans une forte odeur de marc de raisin. Une longue traînée brune a marqué le chemin au passage des remorques chargées de la récolte.

Il frappe à la porte. Personne. Les volets sont ouverts. Il s'approche d'une fenêtre. Son reflet joue sur les vitres, s'étire et se déforme en une toile d'araignée. Il n'ose pas se pencher et regarder à l'intérieur.

Derrière le mas, les bâtiments sont calmes, inondés de soleil. Le grand pressoir se dresse toujours stoïque au centre de la cour, en mâle dominant. Sur un toit, une girouette tourne avec un léger grincement. Quelques grappes desséchées, oubliées à l'entrée de la cave, ont gardé une odeur sucrée qui titille les narines. Une étrange impression de paix et d'abandon semble étreindre le domaine, une fois les vendanges passées.

Soudain, au fond de la cour, une porte pivote. Il reconnaît la jeune fille des bois aperçue à sa première visite. Elle se glisse au dehors, un panier à la main. Elle regarde à la hâte de droite et de gauche, puis s'éloigne en courant et disparaît dans le sous-bois. Quelques instants ont suffi à Julien pour saisir son air hagard sous la chevelure en broussaille, ses vêtements dépenaillés et sa course de bête traquée.

Alors qu'il s'interroge sur sa présence incongrue, Charles paraît à la porte restée entrouverte. Il rajuste sa chemise dans le pantalon et marche à sa rencontre. L'air mauvais, il tient sa main droite gangrenée de douleur. « Elle m'a mordu, la garce ! Elle aura de mes nouvelles la prochaine fois. » Après une longue respiration, il ajoute en secouant sa main : « C'est une salope, comme sa mère. Il n'y a que l'argent qui l'intéresse ! » Et puis il éclate de rire, le regard vaporeux : « Ah ! si tu avais connu sa mère quand elle était jeune. Une chienne du diable ! »

L'homme pose son bras sur l'épaule de Julien et l'entraîne vers la cave. Il lui parle de la mère, de la fois où il avait glissé un billet dans sa fente intime comme récompense. Un billet qui avait pris ses odeurs, et auquel il avait ensuite mis discrètement le feu à l'extrémité, pour rire. « On était dans la grange », dit-il tout excité. « Elle n'avait fait qu'un bond. Ah ! si tu l'avais vu détaler. Elle avait le feu aux fesses pour de vrai… »

Le rire graveleux de Charles a fini de briser le charme du domaine. Son bras velu pèse toujours sur lui. Il imagine le corps lourdaud et répugnant de son hôte sur la jeune fille, sa petite figure épouvantée. Une adolescente frêle qui doit avoir l'âge d'Océane. Il ferme les yeux, se rappelle qu'il est avec un client et que sa vie privée n'est pas son affaire. Il se laisse guider comme un somnambule, le dégoût au bord des lèvres. Et la voix grave le torture encore : « Allez ! Oublions la mère et la fille, deux pauvres femmes, éleveuses de lapins et de poules. Elles font du porte-à-porte pour vendre leurs produits et le reste... On va prendre un verre à la cave. Noémie et Victor sont en ville. On sera tranquilles. »

Est-ce pour vaincre les réticences du visiteur ? L'haleine vineuse, Charles lui glisse à l'oreille : « Quand on fera équipe, je t'emmènerai à Nice. On ira faire la fête ensemble. Je connais un endroit », dit-il à voix basse, « où on trouve des jeunes personnes de toute beauté... On ne résiste pas à leurs charmes ! »

Les escaliers sombres de la cave, et la fraîcheur soudaine. L'odeur écœurante de fond de cuve. Julien éprouve un vague sentiment de culpabilité. Devant lui remue une ombre ignoble qui l'entraîne vers la compromission et il la suit sans résistance. Le bruit d'un bouchon qui saute et déjà le vin coule dans leurs verres. Il boit d'un trait un vin râpeux en bouche. Peu importe. Il tend de nouveau son verre, prisonnier de la soif et du remords.

D'autres bouchons quittent leur goulot, et le geôlier ressert, vante la récolte nouvelle en gestation. Une masse liquide qui remplit de nouveau la cave, suspendue comme un orage, et qui va bientôt déferler dans les gosiers. On peut entendre les précipitations intérieures du nectar qui affûte ses armes ! Les vins rouges annoncent de la rondeur et du caractère. Les vins clairs seront gais et parfumés. Oui, les cuves sont pleines. Le vin nouveau crépite derrière les parois et dans les foudres en chêne. La joie fermente tout autour d'eux ! Et ils goûtent ce breuvage en marche.

Le maître du chai gravit une échelle en bois. Julien le suit, les tempes brûlantes et le sang échauffé par les mélanges de vin. D'un geste vigoureux, Charles ouvre le dessus d'une cuve. Il fait pivoter l'écoutille, l'œil ouvert sur un chaudron géant et les effluves d'alcool en fermentation. Une vague chaude et puissante souffle leurs faces, et s'élève jusqu'aux faibles étoiles de lumière arrimées au plafond. Les ombres déformées des deux maraudeurs flottent sur le toit de la cuve.

Charles se déchausse. Assis sur le rebord, il trempe ses pieds dans le liquide épais. « Ça porte bonheur », dit-il, « une vieille tradition. Après chaque vendange, je viens tâter la récolte. » Julien se tient debout, dans une semi-obscurité, à l'aplomb du corps massif. Surpris par la scène, alors qu'il croyait connaître les pratiques de la vinification. Un dégoût tenace dans la gorge et les entrailles nouées, il regarde les deux gros pieds suants qui pataugent dans la cuve, le visage rieur et sarcastique penché sur la cuvée nouvelle. Une voix grave monte jusqu'à lui : « je t'apprendrai les secrets du vin. » Julien hoche la tête dans l'obscurité, mâchoire tendue, incapable d'articuler un mot. D'autres paroles continuent de fluer parmi les vapeurs qui lui piquent les yeux. « Tu devrais venir plus souvent, et emmener ta famille », dit le maître des lieux, « l'air de la campagne vous fera du bien. J'apprendrai à ta fille à monter à cheval. Les balades dans la nature, les odeurs du sous-bois, les fleurs sauvages, rien que du bonheur... » Des paroles insidieuses qui rebondissent sur les murs : les mots gonflent, cognent à son front et résonnent dans sa tête bourdonnante.

Quelle peut être, pour son hôte, la conception du bonheur ? La manipulation des êtres ? L'exploitation de la femme ? De l'innocence ? Immobile et tendu au-dessus de la cuve, les poings serrés, Julien sent la colère grandir, une force incontrôlable lui durcir les muscles. Dans l'obscurité défilent des images. Le visage hagard de la jeune fille des bois, puis celui innocent d'Océane qui se superpose. Il revoit la citerne de Yereban et ses eaux tourmentées. Un grondement de voix perce dans le lointain. Les Méduses en sentinelles l'interpellent ! Il tend l'oreille, hébété. Leur verdict est impitoyable, avec la vigueur d'un ordre. Sans hésiter, il s'exécute : ses mains s'abattent sur le corps épais devant lui. De toutes ses forces, il pousse cette chose informe et nuisible vers la porte ouverte de l'enfer.

L'homme glisse, se retient au rebord de la cuve. L'exécuteur entend le râle d'un animal blessé qui se débat. Des ombres s'animent dans les hauteurs de la cave. Il écrase alors les gros doigts agrippés à la bordure et le corps entier chute dans le liquide chaud. Du pied, il enfonce la tête qui remonte à la surface. Mais une main lui saisit la cheville et l'entraîne. Il sent sa jambe humide tout à coup, et l'étau d'une main répugnante.

Julien se laisse choir en position assise et repousse de l'autre pied la tête du monstre qui l'aspire vers les abysses. Après quelques secondes de lutte, la main hideuse lâche prise et la tête disparaît. Une forme remue mollement, revient à la surface et s'enfonce de nouveau. Pris de tremblements nerveux, Julien se relève et rabat la porte sur la cuve. Un bruit sourd étouffe les dernières plaintes. Il verrouille la fermeture. Debout, sans bouger, il tend l'oreille. Des yeux semblent l'observer. Il reconnaît les ampoules épinglées au plafond, leur lumière blafarde, et il entend son cœur gronder contre les parois.

Le calme revenu, d'un geste d'automate il soulève l'écoutille qui grince sur ses gonds. Il songe aux eaux apaisées de la citerne-basilique, au visage satisfait des Méduses. Au vieux pressoir engoncé dans la sagesse et qui a sans doute tout deviné de la scène. Plus rien ne bouge à la surface lisse du vin. La bête a disparu et l'honneur est vengé.

Tout avait commencé il y a longtemps, avec la complicité des Méduses, le visage d'ange de Sarah, puis la honte et l'échec, la convalescence et la guérison, et aussi la menace de chantage dans la bouche de son client, le viol de la mémoire et d'une jeune fille sans défense.

Julien hésite un moment, laisse la porte de la cuve ouverte, comme s'il donnait une dernière chance au monstre. Puis il se relève, se frotte les mains et descend calmement l'échelle. Il rince les deux verres et les met à égoutter.

En sortant de la cave, il referme la porte derrière lui. La cour est déserte. Au centre, le vieux pressoir bombe le torse : en fidèle gardien des secrets, il ne dira rien. Le grincement léger de la girouette persiste. Est-ce une plainte silencieuse ou une approbation ? On entend au loin le chant d'un coq. Julien hoche la tête, enfin soulagé. La brise flatte les grands platanes, efface les traces de sa visite. Il pense à Océane, puis à la fille des bois, à son air apeuré, à leur complicité désormais.

20

Lorsque le présent se dérobe, Mylène se laisse glisser imperceptiblement vers la ligne de partage des mots, une frontière invisible où la parole se dissout, bascule dans le silence.

Dans le refuge de sa villa blanche, le silence misérable fait encore la part belle aux souvenirs les plus douloureux. Pour déjouer le sort, elle vaporise son parfum d'homme dans la chambre avant d'éteindre.

Malgré ses efforts pour faire bonne figure, l'absence de Julien demeure pressante. Une étrange sensation lui revient parfois de dormir sur un lit d'échardes que le vent brasse et lui projette sur les joues et le reste du corps. La nuit l'emporte alors dans un sommeil flagellé !

Cette nuit-là souffre pourtant d'une différence. Elle se réveille haletante, une brûlure au bas du ventre. Un ventre qui gronde dans les profondeurs de la nuit, avec un balancement insistant.

Elle touche le cratère qui s'est ouvert, les lèvres béantes : une tulipe épanouie dans l'obscurité. Par réflexe, elle repousse un corps sans visage qui partage sa gesticulation, un homme imaginaire qui ne ressemble pas à Julien. Mais la rosée sur les lèvres ne laisse aucun doute. Son corps réclame du plaisir ! Ses chairs de femme sont malades d'abandon et de désirs refoulés. Au diable leur plainte muette contre l'abstinence, leur résistance à d'obscurs fantasmes ! Elle repousse les draps et continue de se donner tout doucement ce plaisir que la morale lui refuse.

Il est encore tôt, ce matin-là, lorsque l'eau de la douche ruisselle sur sa peau. Mylène se soulage des excitations ténébreuses de la nuit, du magma viscéral qui s'était réveillé en elle ! Elle frotte et lave son corps impudique, si docile sous l'étroite surveillance de la conscience qui la ferait même renoncer à toute forme de plaisir.

De nouveau, elle pousse les volets sur le miracle du jour. Un vent léger a essaimé les aiguilles de pin sur la terrasse. Au loin, le dard du soleil picore une mer frileuse, encore recroquevillée sur ses eaux endormies. La journée de samedi s'annonce belle et virginale, la semaine s'est effacée telle une vague. Déjà deux semaines que les vacances de Pâques s'en sont allées.

Au lycée, madame Lafaye se tient en retrait sur la grève. Pécheresse impudente lors de leur précédente rencontre en tête-à-tête, elle n'ose plus ferrer l'enseignante blonde aux hanches de sirène. Elle semble vaquer dans les couloirs, rêveuse et la bouche triste, tel un hameçon sans appât. Aurait-t-elle compris que Mylène a percé le secret du dentier ?

En robe de chambre sur la terrasse, elle sirote son café. Dans le calme du jour naissant, elle sourit à l'aventure du dentier et aux autres appels à la tentation. Elle songe au professeur d'éducation physique, un homme divorcé qui lui avait proposé une sortie en voilier ce week-end. Il avait insisté : « Il n'y a pas de risque. Ma fille de huit ans sera là. » Quelle idée saugrenue de s'imaginer évoluant à ses côtés sur le pont, sous le regard jaloux de sa fillette !

En ces moments d'assaut contre elle, contre son corps, Mylène aimerait que son apparence extérieure s'estompât et qu'on l'oubliât, que la beauté qu'on lui prête se tournât vers l'intérieur, comme on retourne un gant, rien que pour Julien qui est partout en elle, dans son cœur, sa tête, son ventre et ses cuisses. Lorsqu'elle ferme les yeux, elle sent encore ses muscles contre les siens. Elle le sent bouger. Elle le porte en elle comme on materne un amour déjà adulte, débordant. Ses découvertes sur les agissements de son mari n'ont rien changé. Nul doute que l'on ne peut rien contre la force supérieure de l'amour.

Alors que le soleil prend un peu de hauteur, un paquebot de croisière s'enfonce vers le sud. Joyeux touristes dérivants, tandis que Mylène reste arrimée à la montagne, aux souvenirs d'un déchirement dont elle continue de démêler les raisons intimes. C'est désormais son chemin de croix, sa quête d'une aube intérieure qu'elle voudrait aussi lumineuse que celle qui grandit sous ses yeux. Car elle veut comprendre et pardonner, pouvoir ouvrir chaque jour les yeux sans l'ombre d'un reproche et continuer à aimer comme avant.

Il y a tant à faire encore pour trier et mettre en ordre le passé, pour agencer dans sa tête les moments mémorables. Les albums de photos lui servent de vivier. Ainsi que le vieux tapis Chiraz - Kachgaï tendu comme un écran secret, témoin et confesseur de leur voyage en terre d'Asie, leur dernière grande échappée ensemble. Sur le mur du salon défile à son gré leur histoire filtrée au tamis serré d'une douce cascade de laine, retenue par les teintes flamboyantes qui se fondent les unes dans les autres au fil du temps. Depuis plus d'un siècle, ce vieux tapis noué affine sa trame, et sa douceur veloutée l'accompagne vers le dénouement.

Il lui faut aller jusqu'au bout du témoignage accablant tracé dans l'anonymat et de ses conséquences. Ensuite, que lui restera-t-il pour élaborer un avenir ?

Elle aère sa chambre et refait son lit. Mère et néanmoins femme, elle borde les draps, témoins passifs d'ébats imaginaires et imprégnés de ses secrètes émulsions, et elle ne peut s'empêcher de rougir un peu. Océane doit dormir. Sa fille est sortie la veille au soir et elle ne l'a pas entendue rentrer. Elle va jusqu'à sa chambre toujours close, entrebâille la porte et tend l'oreille, à l'affût d'un souffle qu'elle connaît bien. Aucun bruit, aucune forme sur le lit. Elle ouvre complètement. Le lit n'a pas été défait. Océane n'est pas rentrée ! D'un geste brusque, elle soulève le drap. Elle se souvient que sa fille était partie sans rien dire. Ni où elle allait, ni avec qui. Elle n'a donné aucun signe de vie depuis.

Mylène s'agite tout à coup, regrette son imprudence et le mutisme de la veille, son absence de recommandations. Chaque sortie nocturne est devenue un sujet de discorde. Un accident est si vite arrivé. Aucune amie n'a téléphoné. Le garçon à la moto non plus. Elle ouvre les volets de la chambre. Faut-il alerter la Police ?

Sur le petit bureau, une feuille est pliée en quatre. Un espoir ! Une adresse ? Un numéro de téléphone ? Mylène l'ouvre nerveusement. Elle reconnaît l'écriture fine d'Océane. Puis elle tombe assise sur le lit. Plusieurs fois, elle relit le message sans y croire : « Je m'absente. Je ne sais pas combien de temps. Ne t'inquiète pas pour moi. »

21

La vérité doit-elle émerger de la transparence et de la lucidité du verre ? Et le passé obscur est-il irrémédiablement attiré par la lumière ? Chaque fois que Julien traverse le hall d'exposition, les miroirs se renvoient habilement son image de l'un à l'autre : impression désagréable qu'ils se jouent de lui et l'auscultent sans gêne.

Ce matin-là, il marque une pause devant un miroir ovale et lui fait front. Un étrange bruit de lutte et de grincements résonne dans son crâne. Le miroir a la taille de la porte qui s'est refermée la veille sur la cuve, étouffant la vie d'un homme. Son image le fixe avec l'œil du reproche. Est-ce bien lui qui a accompli ces gestes ? Non, c'est impossible, quelqu'un d'autre s'est glissé dans sa peau. Quelqu'un a pu agir à travers lui et commettre un acte de circonstance, dicté par une puissance obscure ou par les Dieux. La fatalité en somme ! Mais le regard accusateur lui fait baisser les yeux.

Julien relève la tête, se fait face à nouveau. Il ne trouve plus trace de l'être abject qui a accompli les gestes fatals au-dessus d'une cuve. Un agissement inexplicable, bien au-delà de sa volonté. Il cherche ce qui pourrait en atténuer la portée. Peut-être une réplique de sa dépression, comme celles imprévisibles qui suivent un séisme, et qu'il n'aurait pas vu venir ? Aucun signe précurseur n'annonçait une rechute. Plutôt une exaspération qui l'a poussé à l'inconséquence. Pourquoi pas l'agacement, la provocation, l'ivresse ? L'attitude odieuse de Charles envers la sauvageonne ? La sensation d'écarter un danger, pour Océane et pour la société ? Il finit par l'admettre : rien ne pouvait justifier un tel acte. Rien.

Le regard clair et droit dans le miroir, le teint hâlé, la cravate bien mise, son reflet est conforme à celui qui traverse le hall depuis des mois, recopiant à l'identique son image : un directeur commercial courtois et travailleur, père de famille honnête. Certes, une faiblesse inavouée pour la gente féminine. Mais est-ce là un crime ?

À cette heure matinale, le hall est désert. Julien ne s'expose qu'à lui-même, à sa vérité brute. Le miroir ovale pose sur lui un œil scrutateur, multiplie son portrait. Sa face d'accusé pourrait s'incruster à force d'insistance. Une grimace en coin, il rejoint son bureau à l'étage.

René est en déplacement. Julien ne l'avait pas informé de sa visite au domaine viticole. Il n'avait rencontré personne. Sauf le chien et la jeune fille des bois. Les lèvres pincées, il revoit le visage hagard de la sauvageonne, son timide appel au secours. Sans doute ne parlera-t-elle pas ! Puis le visage innocent d'Océane chasse celui de la jeune victime. La colère lui revient intacte. Il serre les poings.

On frappe à la porte. Il sursaute. La secrétaire lui apporte le courrier du matin. Elle a les mêmes gestes, le même sourire que la veille. Rien n'a changé autour de lui. Le portrait de sa femme et de sa fille sur le bureau lui renvoient toujours la même joie de vivre.

La différence qu'il ressent est intérieure. Elle le tourmente. Il a mal dormi, hanté par une cuve qui parle et rejette sa prise dans la nuit.

Pourquoi n'a-t-il rien dit à Mylène ? Il se prive de son soutien et de ses conseils. On est plus fort à deux. Est-ce par maladresse ? Par faiblesse ou par honte ? Il s'isole avec son secret. Tôt ou tard, elle saura, et il n'ose imaginer sa réaction.

Sans conviction, il plonge la main dans la corbeille du courrier. Parmi les documents, une enveloppe blanche à son nom, d'une écriture ample et souple. Une lettre personnelle, postée à Antibes. Aussitôt il comprend que le fantôme de Charles le poursuit, qu'il ne peut pas reprendre le travail en paix.

Il renifle la lettre, à la recherche de l'odeur si particulière de Sylviane ; il la retourne plusieurs fois, la presse contre ses lèvres. Sans le vouloir, il avait soulagé la jeune femme et sa famille d'un oppresseur. Noémie pourra rester dans sa propriété familiale. Personne ne l'obligera plus à vivre sur la presqu'île, dans une résidence trop grande et luxueuse pour une brave femme modeste. Et Albin pourrait enfin revenir auprès de sa mère. Il reprendrait l'exploitation du domaine viticole, y installerait son troupeau. Quant à Sylviane, que décidera-t-elle ? Marchande de biens peut-être ? Elle prospecterait à cheval la clientèle alentour ou garderait son métier, exerçant depuis son cabinet dans la villa neuve aux reflets de verre. Il y a tant de gens à soulager dans la région, tant de douleurs et de peines, tant d'égarés à remettre sur le droit chemin !

Julien sourit aux projets qu'il attribue déjà aux héritiers. Des projets qui ne soulagent ni sa culpabilité ni son remords. Charles ne fera plus jamais de mal, mais le sien demeure. Comment s'en débarrasser ? Il réfléchit aux preuves contre lui, aux empreintes laissées dans la cave, sur la porte de la cuve. Comment n'y avait-il pas songé plus tôt ? Il se surprend alors à déchirer la lettre de Sylviane sans l'avoir ouverte, cependant que la sonnerie du téléphone lui fait l'effet d'une décharge électrique. Il se raidit et saisit l'appareil. Un client s'inquiète pour sa commande. Enfin, la journée s'emballe peu à peu : les tâches quotidiennes et les dossiers urgents. Il en oublie d'aller déjeuner.

Lorsqu'il relève enfin la tête, le soleil décline et il est seul dans la cathédrale de verre. Aucune prière, aucun miracle n'est venu apaiser sa faute. Il referme le bureau, traverse le couloir désert puis le hall d'exposition, le seul à rester éclairé en permanence. Et les miroirs saisissent sans peine sa mine coupable qu'ils pourront se renvoyer et disséquer à loisir tout au long de la nuit.

Le lendemain, René entre sans frapper dans le bureau de Julien. Il est en retard, essoufflé et en panique, le regard dilaté sous d'épaisses lunettes.

« C'est catastrophique », dit le directeur. « Notre meilleur client vient de mourir alors que son contrat n'est pas tout à fait terminé. Tu vois de qui je parle. Le marchand de biens ! »

Julien a un mouvement de recul. Il se surprend à feindre l'étonnement : « Charles ! Mais que s'est-il passé ? » À vrai dire, après une autre nuit d'insomnie, il s'était préparé à nier, convaincu que l'individu n'avait eu que le triste sort qu'il méritait. Au domaine, son hôte l'avait provoqué, et ils avaient désormais un secret en commun. Charles s'était réfugié au cœur de la nouvelle vendange, au plus profond de la récolte. Un défi absurde s'il en est ! Il n'avait fait que l'accompagner. Désormais, l'homme et le suc de la vigne ne font plus qu'un. Le vin, source de son inspiration sur terre, devenu son liquide amniotique qui l'emporte dans un autre monde. Le moût a eu raison d'un dur : une pensée fugace qui le soulage.

Ainsi, Charles était allé jusqu'au bout de ses rêves. En quelque sorte, il s'était sacrifié à sa passion, et nul doute qu'on reconnaîtrait plus tard son courage, son abnégation.

« On l'a trouvé noyé dans une cuve avant-hier soir », dit René. Le directeur est assis en face de lui, épaules avachies. À sa mine, on pourrait croire qu'il a perdu un proche. Il ajoute d'une voix brisée : « lorsque sa femme est revenue de la ville avec le caviste, c'est le chien qui les a guidés jusqu'à la cave. Il aboyait bizarrement. Ils ont découvert le corps sans vie qui flottait dans une cuve pleine. C'est une fin atroce ! »

Julien remue sur son siège : « Comment est-ce arrivé ? » demande-t-il. René hausse les épaules : « On ne se l'explique pas. Le médecin dit qu'il était ivre avant de tomber dans la cuve. Il a pu glisser. Il paraîtrait qu'il avait pour habitude d'aller vérifier la fermentation du vin en trempant ses pieds dans les cuves. Drôle de coutume ! C'est dégoûtant, tu ne trouves pas ? »

La scène se répète devant lui. Les pieds nus, le corps gras et répugnant qui glisse dans le bouillon tourmenté des vendanges, les vapeurs d'alcool, les battements désespérés. Et aussi des cris, des bruits de lutte, le grincement de la trappe qui se referme. Le souffle court, Julien se raidit contre son siège, pâle et soudain aux abois.

« C'est une mort étrange », reprend René en se relevant. « Je reviens du chantier. Le maître d'œuvre m'a prévenu ce matin de bonne heure. Il nous manque le dernier paiement, à la réception des travaux. C'est un moindre mal ! On va laisser passer les obsèques. Nous irons ensemble, si tu veux bien. »

Les obsèques ! Il avait oublié qu'elles le mettraient en présence du défunt et de sa famille. Le premier tribunal ! « Ils doivent être dans la peine », dit-il faiblement, se parlant à lui-même. Mais une voix lui répond : « Oui ! C'est terrible pour la famille. Mais je n'ai pas de crainte pour leur avenir. Charles a dû amasser assez d'argent pour les mettre à l'abri du besoin. C'était un battant. Il parvenait toujours à ses fins. Il avait de nombreux biens immobiliers. Il m'était bien sympathique au fond… » René se tient devant la fenêtre, le regard ailleurs : « Que va devenir cette magnifique villa qui devait nous servir de vitrine publicitaire ? » ajoute-t-il.

Derrière son bureau, Julien essaie d'imaginer les obsèques, l'épreuve des condoléances, les regards de Noémie et de Sylviane, et les dizaines d'yeux posés sur lui en silence, tous lancés à la poursuite de la vérité.

La rivière longe le village, puis le petit cimetière. À s'écouler sans gêne, avec force et arrogance, l'eau tient compagnie aux morts, non sans les éclabousser au passage des derniers ragots et avatars : Ainsi se prépare-t-on à accueillir un nouveau ! Et dire qu'il vivait tout près de là, le bougre, à élaborer un breuvage joyeux que d'autres dégusteront à sa place. Les oiseaux et la rivière lui raconteront, et ce sera pour lui la pire des punitions. Son purgatoire sous terre ! Et si jamais le pardon l'atteignait, il pourrait prendre racine et renaître sous la forme d'un pied de vigne, et déguster de nouveau la lumière du ciel, recevoir en prime les caresses du vent.

Penaud, Julien rejoint la foule sur le parvis de l'église, et il n'entend plus les paroles de René à ses côtés. Il redoute les soupçons sur les visages : qu'un regard ne l'accable ou qu'un doigt accusateur ne se pointe vers lui. Il est sur le qui-vive, avec en même temps une sensation de se livrer qui le soulagerait presque, et qui mettrait fin à ses cauchemars. Mais personne ne prête attention à lui.

À bonne distance, il regarde de biais le cercueil de chêne verni. Il renifle l'air. Une odeur de foin et de sueur a remplacé les vapeurs du jus de raisin en fermentation. Tout autour, des murmures s'élèvent dans l'indifférence. On l'accepte sans rechigner parmi les fidèles qui viennent honorer la mémoire du disparu, un brave homme comme l'on dit toujours en pareil cas.

Anonyme parmi les personnes présentes, il se sent soulagé. Il n'aura pas à plaider non coupable. L'histoire du marchand de biens continue de se dérouler sans lui. Ce décès, une fatalité, pour sûr !

Sylviane passe devant eux, le buste droit. Un visage de marbre sous des lunettes noires. Sa beauté froide aspire les regards. Il n'ose pas l'aborder, ni risquer d'être ignoré par celle qui a tout fait pour renouer le contact. À son bras, la veuve marche avec peine, les yeux rougis. Albin n'est pas avec elles. À cet instant, il aurait volontiers pris Noémie dans ses bras. Puis les deux femmes ont disparu dans l'église. À défaut de rencontrer la vérité, elles marchent vers le réconfort et la paix de l'âme. Elles font leur devoir d'honnêtes femmes. Julien serre les lèvres.

Une musique ni gaie ni triste emplit la nef de l'église. Le disciple de Bacchus est enfin confronté à Dieu, et tous les regards sont braqués sur lui. Un jugement dont il ne se relèvera pas ! Le jeune prêtre évoque avec solennité la mémoire du défunt. « Un homme respectable », clame-t-il, « une vie exemplaire consacrée à sa famille, à l'amour de son prochain, aux vignes du seigneur et au labeur. Un bon père et un mari modèle, en résumé. »

Il lui semble alors que le porte-parole de Dieu évoque un autre individu que celui qu'il a connu. Un simulacre d'oraison !

N'osera-t-on jamais, sous les voûtes du seigneur, dire la vérité : écorner la réputation d'un notable, accabler sa mémoire et répertorier ses infamies ? Se serait-il trompé d'obsèques, ou sur la personnalité de son client ? Tandis que le prêtre jette le trouble dans les esprits attentifs, Julien craint que sa perplexité ne le dévoile. Mais Dieu est grand, et l'Homme si petit et si vil que ses défauts ne se remarquent plus.

Avant de se mêler au cortège qui s'ébranle d'un pas paisible, laissant à Charles le temps de humer une dernière fois l'air parfumé des collines alentour, Julien sonde discrètement les visages fermés qui l'escortent. Un mélange de gens simples et de personnes en complet ou costume strict, souvent abritées sous un chapeau et derrière des lunettes sombres. Est-ce pour cacher la douleur ou leur identité ? Il ne voit pas, parmi eux, la fille des bois qu'il recherche sans se l'avouer. Il aurait aimé lire sa complicité sur son petit visage discret, et peut-être sa reconnaissance.

Hommes d'affaires et politiques déambulent en silence parmi vignerons et amis, dans une étrange collusion et un recueillement douteux. Pour un observateur, ce ne sont que de valeureux inconnus à la foi plus ou moins sincère ! La plupart tendent une face impénétrable, énigmatique, à l'image de la sienne dont personne ne semble soupçonner le rôle essentiel dans la coterie qui les rassemble.

Le cortège uni glisse avec l'aisance d'une couleuvre le long des rues étroites.

Julien déambule d'un œil attentif. Il retient soudain un sourire nerveux. Dans sa ferveur délirante, il voit le cercueil prendre la forme d'un tonneau à larges cerceaux métalliques, une sorte de tonneau blindé ! Ainsi à l'abri, personne ne viendra plus importuner le défunt, et lui faire grief de ses actes ici-bas.

Le marchand d'illusions s'est retranché dans un écrin de tartre, protégé par l'armure rougeâtre contre laquelle le convive a lutté enfant, avec un simple balai de bruyère, dans les caves glauques. Et voilà que le tonneau se met à rouler vers le cimetière, et que l'on entend un rire gras et moqueur. Devant les suiveurs absorbés par le repentir, le triste sire ose une ultime échappée, un pied de nez au cortège, à tous les hypocrites empêtrés dans leurs ambiguïtés terrestres.

Julien étouffe dans un hoquet un début de fou rire, puis il tend l'oreille. Autour de lui, les conversations l'emportent peu à peu sur les bruits de pas et le froissement des corps. Des murmures qui enflent, échappent à sa compréhension.

Parmi ces compagnons de la dernière heure qui vont en rangs serrés, combien ont cru aux paroles du prêtre ? Et combien d'entre eux regrettent vraiment la disparition de Charles ? Seraient-ils nombreux à glorifier leur libérateur ?

Les conversations se transforment lentement en un souffle puissant qui grandit dans son dos et lui glace la nuque. Il redoute un retournement de la foule. Une foule capable de le mettre en accusation sur la place publique, d'invoquer la vindicte populaire. Alors, finis la mascarade et le double jeu !

Il se retourne brusquement. Derrière lui deux hommes en costume gris encadrent un vieillard alerte portant béret, gourmette et chaîne en or. Deux gaillards aux allures de gardes du corps, et quelque chose d'inattendu dans le regard fixe du vieil homme qui intrigue Julien. Un éclair mystérieux qu'il élucide très vite : un œil de verre ! Expert en la matière, il avait saisi à la volée le scintillement d'étoile artificielle niché au creux d'une orbite. Un œil mort ! Son éclat de silex dans son dos. Etrange destin qui rassemble marcheurs fidèles et pénitents, réfugiés dans le mutisme ou dans une complainte illusoire, et tous sont refermés sur leurs propres secrets. Une autre forme d'avarice.

Julien se rapproche de René qui promène un air rêveur sur le défilé. Derrière eux, le souffle humain grandit toujours, indiscernable. Un mélange étourdissant de rumeurs, d'haleines âpres et revanchardes, qui rebondit maintenant contre les façades de la rue étroite. Un bruit confus qui court sur les toits écrasés de soleil, comme un immense soulagement, une parole qui se libèrerait enfin dans les hauteurs, mais devenue inaudible et aussitôt dissipée par les vents d'altitude. Tandis que Charles s'éloigne avec ses secrets, tenus hors de portée dans son cercueil plombé.

22

Le lendemain, Julien est à la photocopieuse lorsque René se pointe, brandissant un journal. « Ah ! tu es là », dit-il en tendant le quotidien régional. « Regarde-moi ça, c'est incroyable ! »

Le patron a le sourire béat, figé dans un rictus. Un sourire qu'il lui connaît et que René n'arbore qu'en de rares occasions, après une grave déception ou un échec. Un rictus qui écarte tout autre projet, et signifie qu'il puise au plus profond de lui-même dans ses réserves un besoin vital de ressources nouvelles pour repartir au combat. La déclaration de guerre est cette fois écrite au bout de ses doigts, sur cette feuille flasque, en première page du journal.

La photo de Charles à la Une. Sa face ronde et déterminée, ses petits yeux bien vivants et perçants. Un portrait fidèle de celui qui piétine les nuits de Julien, et revient maintenant le narguer sur son lieu de travail, brandi par son directeur. Le titre en caractères gras est sans ambiguïté : « Les affaires louches d'un marchand de biens ». Et René, les joues rouges, commente le scandale qui le fait suffoquer de honte : « les scellés ont été posés sur la villa en construction, et nous ne toucherons pas de sitôt le solde des travaux ». Charles est soupçonné d'avoir participé à un blanchiment d'argent. Tiens, lis ça !

Tout est dans le journal. Le fisc et les douanes s'intéressaient depuis quelques temps au financement de la villa trop voyante sur les hauteurs de la presqu'île, sans doute inspirés par le doute ou par quelque jalousie. Le rapprochement a été fait avec des transferts de fonds entre l'Italie et la Suisse, vers un compte bancaire attribué à Charles. Le pourvoyeur ? Un mafioso que l'on dit retiré des affaires, un Italien amateur de vins et de belles pierres, ami de longue date du disparu.

Sous les projecteurs de l'enquête, la construction de la forteresse de verre prend un éclairage nouveau, sans rapport avec les effets décoratifs et les clins d'œil de la pyramide aux allures joyeuses de bacchanales. Elle tombe le masque d'un transfert d'argent sale doublé d'une transaction à prix vénal, en somme une affaire immobilière louche, téléguidée depuis l'Italie. Ainsi, Charles aurait trop élargi le cercle dont il se vantait et dans lequel il opérait, et les ronds avaient échappé à son contrôle. Il avait enfreint ses propres règles !

Julien relit en détail l'article de presse que son patron tend encore à bout de bras nerveux devant lui. L'extravagance des faits prête à sourire. Noémie tient là une autre raison de ne jamais porter l'habit de châtelaine trop grand pour elle, songe-t-il, et il entrevoit la silhouette du mafioso qui déambule sur la vigie aux vitres blindées, et derrière les miroirs sans tain. Un point lumineux brille sur les hauteurs d'un éclat de silex, telle une étoile énigmatique : L'œil de verre du repenti.

La fin du texte freine l'ardeur de Julien et sa version débridée. Bien que le permis d'inhumer ait été délivré, la mort du marchand de biens reste suspecte. S'agit-il d'un accident, d'un suicide ou d'un meurtre déguisé ? écrit l'auteur. Aucune hypothèse ne semble écartée.

Il repose les photocopies. Meurtre ! Assassinat ! Des mots, jusqu'alors étrangers et lointains, viennent écorcher ses oreilles. Les bras lui en tombent. Il songe à la jeune fille des bois, aux indices laissés dans la cave. Il desserre sa cravate, repousse l'article maudit, le souffle court. Tandis que René, furieux de s'être laissé berner, froisse le journal entre ses mains. Son entreprise impliquée dans une affaire de blanchiment d'argent, ce serait un comble ! La vitrine décorative sur les hauteurs devient tout à coup trop voyante, humiliante, lourde à porter. Une villa hors la loi ! Nul doute que le bâtisseur et ses sous-traitants seront présumés complices et montrés du doigt. « Comment a-t-on pu se laisser entraîner dans cette sale affaire ? » s'exclame-t-il. « J'aurais dû me méfier davantage. » Et il s'éloigne après avoir contaminé Julien avec son trop plein d'angoisse.

La journée avait pourtant bien commencé. Mylène et Océane dormaient encore lorsqu'il avait refermé la porte de la maison blanche, sur les pentes du Mont-Faron. Après les avoir embrassées, il les abandonnait à leur sommeil insouciant. Cette image simple et innocente, dérobée sur l'oreiller au petit matin, suffisait à son ardeur.

Depuis le drame, Julien dort peu, miné par son secret. Le travail le distrait à peine, car toutes les excuses qu'il invoque ne parviennent pas à le soulager. Le fantôme de Charles revient sans cesse à la charge. Il doit réagir, trouver une solution qui dissipe enfin son trouble. En parler à quelqu'un, et se rassurer. Comment savoir si son acte est condamnable ou salutaire pour la société ? Quel espoir pour son avenir, pour sa famille ?

Impossible, selon lui, de s'en ouvrir à Mylène. Il connaît son cœur pur et l'intransigeance de son éducation. Le déshonneur s'abattrait aussitôt sur leur couple, et jamais elle n'accepterait de vivre et de dormir plus longtemps avec un assassin malgré lui. Alors il pense à Sylviane, seule capable de le comprendre. Elle a encore tant de choses à lui dire, semble-t-il. Ce sera un secret contre un autre ! Dans son désarroi, il s'étonne de se sentir plus proche de Sylviane que de sa femme. Ne l'avait-t-il pas épousée pour le meilleur et pour le pire ? Comment avait-t-il pu accepter cette dérive au point d'enfermer son couple dans une fausse réalité, dans un médaillon de bonheur absolu ?

Quelque chose lui échappe qu'il doit clarifier avant d'agir. Le temps presse. La vérité avance avec ces premiers filets d'encre répandus dans un journal. Elle s'infiltre lentement dans les foyers et les esprits, se rapproche de lui via la bâtisse miroitante sur la presqu'île qu'il s'était si bien appliqué à embellir. La menace pourrait grandir comme la rumeur géante des funérailles, jusqu'à l'emporter avec la violence d'un torrent de boue, et sa famille avec lui.

Dans l'après-midi, Julien quitte le bureau discrètement. Il n'a pas d'obligations extérieures, ni de rendez-vous, aucune invitation. Il ne rentre pas chez lui non plus. Néanmoins, sa décision est prise. Un besoin irrésistible de dire la vérité a grandi en lui comme un arbre dont les branches déforment son corps et malmènent ses pensées, d'un bruissement continu qui l'empêche de dormir et de vivre. Le rebondissement de l'affaire rapporté par la presse ces jours-ci lui a fait l'effet d'une flèche reçue en pleine poitrine. Tarder encore aggraverait son cas, songe-t-il. Il a donc décidé de parler, et il essaie d'imaginer les réactions. Que pourra bien en penser Sylviane, se demande-t-il ?

L'orage a mouillé la route et la lumière grisâtre se fond dans le silence des collines. Du sous-bois montent des odeurs longtemps alanguies sous les pins et les chênes, cette odeur particulière que produit la terre après la pluie. Julien roule à vive allure sur la route déserte, pressé d'en finir.

Peu à peu, le soleil reprend le dessus, repousse lentement les traînées de nuages. En ce début d'octobre, les vignes sont en loques : rameaux avachis et dernières feuilles rabougries.

De part et d'autre de l'allée, les peupliers n'ont pas pris une ride, rempart inaltérable à l'entrée du mas. Au bout, les bâtiments résistent à cette impression de désolation qui borde le domaine où Julien n'est pas revenu depuis l'accident, huit jours plus tôt.

À peine garé, il aperçoit devant le mas une silhouette légèrement courbée. Un corps frêle de femme que le vent pourrait à tout moment renverser. On dirait que Noémie l'attend, qu'elle est là depuis longtemps sur le seuil de sa porte. Il songe alors à tout le mal qu'il lui a fait, et une douleur le retient dans la voiture.

Lorsqu'il s'approche enfin, elle le serre dans ses bras menus, sans un mot. Elle soupire. Dans son regard, il perçoit une étrange décoction d'amertume et de joie. Déjà, elle lui prend la main et l'entraîne vers la cuisine. Il ressent comme un réconfort la chaleur accueillante de sa petite main ferme et osseuse. À cet instant, rien ne semble pouvoir les séparer.

Une lumière pâle éclaire la longue table de bois. Un plateau désert où les rires ne rebondiront plus jamais comme avant. Une table triste et accablante. Il s'assoit devant cet œil sans fond qui semble le juger, une trappe où il aurait envie de se laisser choir. Il va jusqu'à imaginer ce panneau en bois de chêne transformé en table de torture qui va le faire parler.

Noémie revient avec une bouteille et deux verres. Pendant qu'elle sert le vin de noix, Julien remarque ses traits fatigués, les cernes des yeux.

À l'inclinaison de sa tête, il devine son accablement, sa solitude aussi. Et pourtant, il y a toujours dans ses gestes et sur son visage autant de générosité et une mince flamme qui résiste.

Mais Julien est venu avec une intention ferme. Il rompt le silence dans lequel ils s'étaient tous deux laissés prendre : « Il faut que je vous dise… » Noémie l'interrompt aussitôt : « surtout, ne dites rien. Je sais, je sais… » Le visiteur insiste en haussant le ton : « mais vous ne pouvez pas », dit-il. « Si, je sais », répond-elle. « Tout cela est du passé désormais. Oublions-le ! »

Il la regarde avec étonnement. Que peut-elle bien savoir ? Aurait-elle parlé avec la fille des bois ? La force de son regard étroit et serein impose le respect. Un regard qui plonge dans les profondeurs de l'âme et vise juste. Alors que la cuisine est encore pleine du bourdonnement de sa voix posée, auréolée de tendresse, la confession de Julien reste nichée dans sa gorge.

Noémie lève brusquement son verre, un sourire au coin des lèvres, et ils boivent à leur connivence, sans qu'il ne sache à quoi s'en tenir. « Votre visite me comble de joie », dit-elle. « À la santé de lendemains meilleurs. Et à votre bonheur ! »

Il acquiesce d'un signe de tête. Vraiment, il aurait aimé une mère de cette trempe.

« Sylviane m'a dit grand bien de vous », ajoute la petite femme souveraine, « et elle se trompe rarement. » Que sait-elle aussi de leurs relations ?

Pour distraire sa gêne, il cherche les ressemblances avec la jeune femme aux yeux marron, à l'allure souple et mystérieuse, presque féline. L'une capte du bout des doigts la souffrance et les attentes des patients et impatients, tandis que l'autre a ce regard perçant qui extirpe de vous les pensées les plus retranchées. C'est sûr, Noémie sait extraire avec une précision chirurgicale la vérité cachée au fond de l'âme comme une tumeur maligne. Ainsi, fille et mère savent vous mettre à nu sans rien vous ôter et sans vous froisser, sans jamais forcer votre pudeur. Le sentiment de soulagement qui gagne Julien, tout à coup, ne peut pas échapper à la vigilance de Noémie.

« Vous avez fait du bon travail pour la villa », dit-elle avec détachement. « Je vous en remercie. Vous savez qu'elle ne m'est pas destinée, Dieu merci ! J'ai grandi sur ces terres et je finirai mes jours ici, comme mes parents et mes aïeux avant moi. »

On comprend que son avenir ne dépassera pas les bornes du domaine familial. C'est là son ambition depuis toujours. Et contre cela, Charles ne pouvait rien, malgré sa force brutale et toute sa ruse de faucon. Elle ne migrera jamais, et peut-être que les hirondelles reviendront, le mas désormais débarrassé de son prédateur. Mais la maîtresse des lieux s'est déjà refermée sur sa sérénité. « Je vous comprends », dit-il dans un sursaut. « Mais je tiens tout de même à vous dire ce qui s'est passé… »

Son ambition à lui est de se disculper, d'obtenir son pardon, et pourquoi pas un encouragement. Prétexter, s'il le fallait, un accident fâcheux. Mais Noémie règne sur la cuisine et sur les paroles comme sur son domaine, avec intransigeance. Elle lève brusquement la main et redresse le buste : « C'est moi qui vous dois la vérité ! » dit-elle. « Rappelez-vous la première fois que vous êtes venu. Je vous ai dit que j'ai connu votre famille. Eh bien ! Je vous dois une explication. Et le moment est venu. »

Accoudé à la table, Julien écoute la petite voix égrener un passé lointain. Un récit ponctué par les gorgées de vin de noix et les gestes discrets de l'hôtesse pour remplir les verres, plusieurs fois. Dans la cuisine sombre, une histoire presque irréelle fait revivre son père.

Noémie et lui se sont connus au lycée et un amour a germé de leur rencontre, avec la vigueur d'une plante sauvage. Oh ! Leur relation avait pris la tournure d'un amour de jeunesse, platonique et sincère, rien d'exceptionnel. Après leurs études, chacun avait rejoint sa famille et la vie les avait peu à peu éloignés. Mais leur amour s'était enraciné malgré eux : « J'ai été très malheureuse, quelques années plus tard, en apprenant son mariage », dit-elle la voix tremblotante. En ce temps-là, au fond d'elle-même, elle espérait encore.

Elle se tait un moment, les lèvres pincées. Puis elle raconte son mariage avec Charles sur un ton de résignation. Un mari autoritaire et coléreux. Il n'était pas encore marchand de biens. Il rentrait souvent ivre. En baissant la tête, elle avoue qu'il la battait, les premières années. Alors, elle était partie, et elle ne s'explique pas pourquoi elle était allée jusqu'au village où elle savait trouver le père de Julien, un jour de marché. Une force intérieure sans doute. Et elle s'était jetée dans ses bras, en pleurs.

À revivre la scène, elle en a encore les yeux humides et des frissons. De part et d'autre de la table, ils boivent lentement, en silence. Julien se tait. Dehors, le chien aboie contre le vent, contre les ombres qui courent sur la façade épaisse. Eux se tiennent paisibles, face à face. Ils s'observent avec attention et respect, mais c'est elle qui parle, longtemps encore, patiemment, comme on dévide un écheveau, jusqu'à ce que le jour décline un peu dans la grande salle à manger à l'abri des platanes et que s'installe une ombre plus tenace.

Sur la table, la bouteille de vin de noix est vide. Bien des paroles ont pu se prendre dans le goulot et chuter à l'intérieur, prisonnières du verre, et il aimerait les boire à nouveau. Car plus rien ne sort des petites lèvres épuisées.

Brusquement, Julien se lève et fait le tour de la table. Il prend Noémie dans ses bras et la serre contre lui. Que veut-il lui dire qu'il n'arrive pas à exprimer par des mots ? Qu'il la protègera ? Que son père serait fier de lui ? Qu'il n'est pas un assassin ? Il se surprend à pleurer doucement par-dessus son épaule. Il s'essuie maladroitement les joues et la regarde bien en face. Elle tire ses cheveux en arrière, et sa silhouette dans la cuisine a quelque chose de frais tout à coup. La douleur s'est estompée et son visage mince a retrouvé l'éclat de la féminité qu'elle avait enfouie en elle. Les rides, la fatigue en partie effacées. Elle a soulagé son cœur et le bonheur est revenu en surface, comme si elle avait poncé la douleur incrustée dans sa peau. Une éclaircie émane de ses yeux grands ouverts, et brille d'une lumière nouvelle.

Il imagine cette femme d'apparence fragile dans les bras de son père. Il réalise aussi leur renoncement et leur abnégation ; leur passion sacrifiée. Ainsi, calmement dévidée par une bouche nostalgique et toujours imprégnée de l'amour de son père, une autre vérité l'avait pris à revers.

Lorsque Julien quitte la cuisine d'un pas chancelant, encore tout remué par la confession et le vin de noix, le chien l'escorte jusqu'à sa voiture. Il songe à sa première véritable rencontre avec Charles, à la terrasse du restaurant de plage, sur la presqu'île. À cette impression d'un danger indéfinissable. Sa divagation avec le vieux pressoir. En un éclair, il revoit le pressoir et la face ronde de Charles, son corps massif et puissant. Comment n'y avait-il pas songé plus tôt ? Le maître du chai n'était autre qu'une réincarnation de la machine à presser ! L'individu a toujours pressuré ses victimes de la même manière, et en a extrait le maximum de jus. Il les a broyées et saignées, extorquées jusqu'à la dernière goutte. Méritait-il autre chose que son destin tragique ?

Avec dégoût, il revoit le bûcheron aux bras rugueux actionnant sans relâche la barre qui écrase les tamis sanguinolents, et la cascade rejaillit sous les mûriers. Sa vision inaboutie d'alors, troublée par la villa à décorer, par son rôle et sa responsabilité. Le joyau de verre sur les hauteurs, abîmé depuis par la fraude et la mafia, n'était peut-être qu'un prétexte pour Charles, une sorte d'appât et les signes du vieux pressoir, l'esquisse d'un mauvais présage qu'il n'avait pas su identifier.

Tout comme Sylviane, et peut-être aussi Albin, Charles connaissait le secret de cet amour coupable, il n'avait plus de doute. Ne cherchait-il pas à faire payer le fils à la place du père, à le broyer comme les autres ?

Avec leur fille Océane, ils affichaient un excès de bonheur aux yeux du marchand de biens, et le voir parader aux bras d'une ravissante blonde avait de quoi attiser une colère dormante.

Sans le savoir, Julien avait échappé aux mâchoires du vieux pressoir réincarné, et son acte inexpliqué au-dessus de la cuve pouvait enfin relever de la légitime défense. D'ailleurs, sans le dire, Noémie l'avait pardonné, il en était convaincu. Et l'occasion lui fut donnée d'honorer la mémoire de son père. Elle peut compter sur lui, et ses enfants de même. C'est un fait acquis, désormais il aura charge d'âmes nouvelles.

En fin d'après-midi, sur la route étroite qui le ramène vers la ville, les châtaigniers dressent des meules d'ombre chahutées par le mistral qui pourraient à tout instant fondre sur son passage. Dès l'amorce de la plaine, un grand soleil rouge est posé sur l'horizon, au bout d'une ligne droite. L'œil incandescent bouche sa route, et il ne peut en détacher le regard. Il distingue vaguement un four crématoire où se consument les restes du marchand de biens et tous ses actes illicites. Un enfer bien mérité ! Tous les mauvais souvenirs réduits en cendres ! Bientôt, plus personne ne parlera de lui. Les familles en deuil se reconstruiront sur des bases saines.

Autour du foyer central qui obstrue la route, Julien distingue maintenant quelques taches qui s'animent. Il accélère, emporté de joie lorsqu'il reconnaît Mylène et Océane, puis Sylviane et son frère sans doute, et Noémie un peu en retrait, tous rassemblés autour du foyer. Ils rient et dansent, légers comme des poussières sur l'horizon en feu. Une chaleur suffocante souffle sur son visage, déforme sa vue. Puis soudain, un écran noir, un couvercle qui s'abat sur le brasier. Et un choc brutal.

Au bout de la ligne droite, la voiture a quitté la route et rejoint le fracas de l'enfer. Bientôt, elle n'est plus qu'une verrue fumante contre un grand chêne. Une sorte de gros coin émoussé avec lequel un bûcheron maladroit aurait tenté d'abattre l'arbre. Une maladresse qui ferait bien rire Charles ! Du combat inégal, le chêne est sorti vainqueur.

Des feuilles tombent doucement sur l'amas de tôles froissées et tendent un linceul gris sur la scène. Le soleil s'enfonce toujours plus sur l'horizon tandis que la nuit prend lentement ses aises.

Après une accalmie, des voix s'élèvent autour de l'arbre. De faibles échos dans le lointain. Une lampe inonde ses pupilles, puis la lumière se retire peu à peu. Il ne voit plus rien, n'entend plus rien, mais il se réjouit de les savoir à nouveau tous rassemblés.

Bien que la vie lui semble de plus en plus légère, vidée de toute consistance, aux prochaines vendanges il espère encore être de retour parmi eux.

23

Cette fois-ci, Mylène fouille sans vergogne la chambre de sa fille, saisie d'un tourbillon d'inquiétude. Comment a-t-elle pu partir sans laisser d'adresse ? Est-elle une mère indigne au point de la faire fuir ? Malgré ses défauts, elle ne mérite pas un tel rejet. Le malheur s'acharne à labourer sa vie, à transformer son sillon en mauvaise blessure.

Sa conscience de mère est meurtrie : un tourment de plus qui la refoule dans la solitude. Crise d'adolescence ? Absence cruelle du père ? Perte de repères ? Qu'importe, la déception est là et fait grandir l'incertitude. Tant d'affection depuis la naissance pour aboutir à une rupture inexpliquée ! Elles ont besoin l'une de l'autre. Océane est ce qui lui reste de plus cher au monde, le don vivant de Julien et le prolongement de sa chair.

Dans un tiroir du bureau, elle trouve une photo du garçon à la moto et un petit carnet d'adresses. Avec deux mots au verso de la photo : Amour, signé : Mike. Dans le carnet, des adresses raturées de filles, des numéros de téléphone. Rien sur Mike. Elle dépose la photo sur le petit bureau et gagne le salon, le précieux carnet en main.

L'embarras des copines au téléphone, parfois tirées de leur sommeil ce samedi matin : elles ne savent rien. Le garçon à la moto ? Il n'est pas au lycée, bien entendu. Elles l'ont aperçu quelquefois à la sortie, mais aucune ne connaît son identité. Océane ne se confiait pas sur sa relation avec un garçon adulte.

En manque d'activité et sans motivation, Mylène ronge son frein. Elle se convainc de ne plus encombrer la ligne téléphonique. Sa fille va sans doute appeler, et la rassurer enfin. Elle a seulement besoin de s'éloigner quelques heures, de faire le point. Une mère doit accepter cela. Non, elle ne lui en voudra pas. Océane va penser à prévenir sa mère, c'est une évidence.

Pourvu qu'elle soit en bonne compagnie, se dit-elle. Sans moyen de locomotion ni argent, dépourvue d'expérience et perdue dans sa tête, elle est une proie facile pour tout individu sans scrupules. Elle regrette de ne pas l'avoir interrogée davantage sur le garçon à la moto pour connaître au moins son nom et son adresse, ses activités aussi. Le droit de savoir à qui elle confie sa fille. Peut-elle faire confiance à ce jeune homme inconnu ? Mais rien ne prouve qu'elle soit partie avec lui.

Comment ne pas se reprocher leurs disputes entre mère et fille, souvent sans fondement sérieux ?

Depuis son refus de la laisser partir en Espagne entre adolescentes, leurs relations s'étaient dégradées. La moindre contrariété devenait prétexte à conflit. L'humeur à fleur de peau, Océane n'acceptait plus les remarques. Elle se réfugiait dans sa chambre en claquant la porte, la musique à fond. Mylène, affaiblie par la perte de son épaule masculine, n'avait pas su gérer cette dérive.

Dans son fauteuil, la tête entre les mains, elle invoque de nouveau Julien. Avec lui, elle se sentait forte. C'est pour combler en partie ce manque qu'elle cristallise les meilleurs moments de leur vie commune. Leurs découvertes en Anatolie, un voyage enchanteur après lequel sa destinée a basculé et dont elle ne veut rien perdre.

Elle rassemble leurs souvenirs en son espace intérieur et secret, un univers où elle pourra toujours se repaître dans leur bonheur conservé intact, rangé dans un écrin. Un musée privé où elle puisera la force de continuer, et de se ressourcer au risque de se cloîtrer.

Tous les étiers du passé sont tendus vers cette recherche d'un confort égoïste, peut-être au détriment du présent dans lequel Océane évolue et grandit pour rejoindre l'âge adulte. Et voilà que sa propre fille entrave ses plans et l'empêche de vivre en paix dans les faubourgs de l'absence.

Pour autant, elle ne perd pas de vue son pèlerinage vers la vérité. Avec la volonté légitime de plaider pour son bien et celui de sa fille, sans mettre en péril leur héritage affectif.

Maintes fois on lui avait fait la leçon : « Tu devrais refaire ta vie ! » lui disait-on avec compassion ou pitié. Elle la refait à sa manière, avec la matière première de sa propre vie. Elle reconstruit pierre après pierre la période écoulée. Un bonheur trop intime pour être partagé avec d'autres. Mais ce chantier laborieux l'absorbe, sans doute au détriment de son rôle de mère. Ses idées obsessionnelles lui masquent parfois l'horizon.

Le bonheur avait largué ses amarres sans prévenir, et la jonction entre présent et passé reste un équilibre instable, parfois désespérant. Car elle a beau colmater la vérité il lui semble que les regrets ne guériront jamais et son assurance perd pied.

Devant la villa blanche, la terrasse est lumineuse, le soleil au zénith. Appuyée à la rambarde, elle surveille la route qui se hisse depuis la ville, ainsi que la mer sur laquelle flotte une brume de chaleur. Le téléphone sans fil dans une main, elle guette le moindre bruit, attend un signe qui tarde à venir. Parfois, elle se raidit lorsqu'un grondement de moto se hisse jusqu'à elle. Il se dissipe très vite, hélas !

Ainsi les heures passent avec une lenteur insoutenable. Mylène n'a rien mangé de la journée. Elle attend. Elle n'a qu'une envie : celle d'entendre la voix de sa fille, de la savoir en bonne santé. Victime du mutisme inconscient de d'adolescente, elle redoute maintenant l'approche de la nuit et son fardeau d'angoisse, et finit par se résigner à une décision longtemps retardée.

Elle s'habille, prend son sac à mains et ses clés de voiture. Elle écrit quelques mots sur une feuille de papier qu'elle dépose bien en vue dans la cuisine, puis elle referme toutes les portes.

Elle se rend au commissariat de Police.

Le lendemain est un dimanche aux contours sombres dans ses pensées, malgré le ciel dégagé sur la mer. Mylène a encore en tête la pénible déposition de la veille. L'interrogatoire sur les raisons de la fugue : une sorte de viol de son intimité. On la regardait d'un air soupçonneux. Elle s'était sentie coupable. On l'aurait enfermée, elle n'aurait pas protesté. En dehors de ses souvenirs et de sa souffrance silencieuse, elle se considère déjà prisonnière. Tout ce qui se trouve à l'extérieur d'elle-même constitue sa véritable prison. Océane est une sorte de chaîne qui la promène dans ce monde hostile, qui la tiraille entre affection maternelle et déception.

Le front contre la baie vitrée du salon, elle attend toujours l'esquisse d'un signe. Sa fille est quelque part dans l'immensité qui l'entoure, hors de sa portée. Elle réalise sa faiblesse, son manque d'énergie pour prendre l'événement à bras le corps et remuer la terre. Même cette villa qui l'avait tant séduite, sur le flanc de la montagne, lui devient presque insupportable. Elle évoque trop de reproches et de moments perdus, des témoignages qui ne rentrent plus en elle, qui lui résistent.

Alors, c'est encore auprès de Julien et dans leur passé qu'elle s'isole, au plus profond d'elle-même. Elle réinvente la force de son couple, leur union dont elle ne mesurait pas la teneur fusionnelle. L'homme de sa vie et son sourire rassurant, sa manière calme de traiter les problèmes. C'est dans le puits de sa gorge qu'elle puisait tant de mots réconfortants et tendres. C'est aussi de là qu'elle tirait son énergie vitale, parmi tous les baisers cueillis à la surface embrumée de sa respiration, leurs éclaboussures stimulantes sur ses lèvres et sur sa peau, leurs pointes d'épices. Une source de joie et de jouvence où elle buvait goulûment sans songer qu'elle pourrait se tarir et la laisser assoiffée, tandis que sa fille grandissait et s'éloignait d'elle.

C'est aussi contre lui qu'elle a aiguisé son corps, qu'elle s'est donnée sans compter et qu'elle a appris, qu'elle a avec ardeur attisé leur passion, un brûlot de désirs lancé contre leurs flancs. Sans se l'avouer, ils se croyaient indivisibles, invincibles. C'est encore lui qu'elle veut rejoindre ailleurs que dans la mort, dans l'abîme de sa vie intérieure.

Qu'il est loin désormais le temps où ils foulaient ensemble la terre d'Anatolie ! Ankara, la vieille ville, les promenades dans les rues étroites. Et la petite tour à la citadelle, sous un dérisoire campanile privé de battant : un moment unique d'élévation, tous deux loin des murmures et des agitations de la foule. Elle revoit cette large tulipe de bronze inerte au-dessus de leurs têtes, le regard clair de Julien posé sur elle, un verre de thé fumant à la main. Et il lui semble même entendre le tintement léger d'une cloche ressuscitée.

Mylène croise soudain les bras, le corps replié en avant, rattrapée par une crampe au creux du ventre. Car le présent ressuscite, avec sa charge de désagréments.

Un long dimanche d'attente solitaire. De nouveau, elle n'a pas mangé. La gorge et l'estomac serrés, elle va jusqu'au secrétaire en chêne dans le salon, en extrait deux lettres. Elle les lit, les garde un moment, indécise. Le regard absent, elle les referme et les glisse dans son sac à mains. Ses affaires rassemblées, elle sort en milieu d'après-midi.

La veille, après le commissariat, elle avait roulé longtemps au hasard dans la ville, avec l'espoir de croiser Océane. Elle était rentrée bredouille, décidée d'attendre des nouvelles à son domicile. À tout moment, sa fille ou la Police pouvaient l'appeler. Longtemps elle a fixé le téléphone avec un air suppliant. Elle ne supporte plus l'attente.

La petite route est déserte. Mylène roule avec prudence, écoute distraitement de la musique classique. Elle pense au but de sa sortie. Est-ce un sentiment d'abandon ou une forme de désespoir qui la pousse à se rendre en cet endroit, au centre nerveux de la douleur originelle ? Peut-être y trouvera-t-elle une réponse à quelques interrogations. Les deux lettres l'invitent avec insistance. Qu'a-t-on à lui dire de si important ? La dernière enveloppe, glissée sous la porte pendant la nuit, lui renvoie une volée de frissons.

Elle est sur la route où Julien a perdu la vie. Elle ralentit et peut voir la large blessure sur le tronc du chêne. Il ne reste rien d'autre de l'accident. Peu après, elle reconnaît le chemin qu'il lui avait montré un jour, en passant près du domaine vinicole. Au bout de la longue allée en terre battue, elle se gare sous les platanes, le cœur battant. Elle n'a pas prévenu. Peut-être Noémie est-elle en famille, ou absente ? Elle ne l'a rencontrée qu'une seule fois, à l'entreprise. René lui avait présenté une petite femme discrète, refermée sur son deuil. Puis il lui avait parlé en termes flatteurs de sa fille Sylviane. « Julien la connaît bien », avait-il ajouté sur un ton espiègle.

Devant le mas, elle tarde à sortir de sa voiture. Elle ne saurait expliquer pourquoi elle est venue, au lieu de guetter le retour de sa fille. Que va-t-elle dire à la veuve ? Les oiseaux chantent à tue-tête dans les platanes. Le feuillage remuant des grands arbres fait trembler les ombres.

Quelqu'un débouche de la cour, derrière les bâtiments, un panier de linge sous le bras et un chien noir à ses côtés. C'est bien elle, la maîtresse du domaine qui lui avait écrit par deux fois. Mylène est soulagée de la voir seule.

Ce qu'elle redoutait le plus ? La présence de sa fille Sylviane, qu'elle imagine comme une sorte de rivale insaisissable, à cause de ses relations avec Julien qu'il lui avait cachées. Dans la longue lettre anonyme, elle avait appris que Sylviane était passée à l'entreprise, un jour d'été, à l'heure du déjeuner. On n'avait plus revu son mari de l'après-midi. Alors, est-elle une supplétive de

Charles, son grand commanditaire, ou une mante religieuse, dévoreuse d'hommes mariés ? Elle n'a pas encore réussi à trancher. Les relations de Julien avec cette famille du mas lui tourmentent l'esprit et les doutes s'enracinent.

Noémie pose le panier devant sa porte et vient à sa rencontre, souriante. Elle tend les bras et embrasse la femme blonde mal à l'aise dans ce cadre champêtre où elle s'impose sans avoir prévenu. « Vous avez bien fait de venir », lui dit-elle d'une petite voix maternelle. Elle la prend familièrement par le bras puis la guide jusqu'à la cuisine. Elle s'excuse pour le désordre sur la grande table, la vaisselle à ranger. Elle la fait asseoir à la place qu'occupait Julien à son dernier passage.

L'hôtesse s'active, rendue joyeuse par cette visite tant désirée. Elle pose sur la table une bouteille de jus d'orange, s'excuse d'avoir si peu de choix. Puis elle regarde attentivement Mylène, de ce regard si pénétrant qui impressionnait Julien. La vitalité de la petite femme vêtue de gris fait oublier son âge. Elle aussi se sent fautive. Si elle n'avait pas fait boire Julien… Elle regrette.

Après l'aveu de ses remords, Noémie fait renaître des souvenirs gardés bien au chaud. Elle parle d'elle sans pudeur, comme si elles se connaissaient depuis toujours et avait un devoir de sincérité. Ses fines lèvres tremblent. De nouveau, elle exhume sa rencontre avec le père de Julien sur les bancs du lycée, leurs retrouvailles sur le marché du village où elle s'était jetée dans ses bras, le soutien qu'il lui avait apporté alors qu'ils étaient mariés chacun de leur bord.

De miraculeuses retrouvailles ! Ils avaient d'un seul coup tout oublié de leur séparation et leurs gestes de tendresse étaient revenus naturellement, plus forts qu'avant. Ce jour-là, après une si longue attente, ils avaient fait l'amour pour la première fois, avec une passion dont ils ne se croyaient pas capables.

Noémie en parlait sans gêne, comme s'il y avait prescription. Leur étreinte folle avait duré deux journées où il l'avait cachée dans une grange, comme dans un rêve trop court. Chacun avait ensuite repris sa vie familiale, faisant vœu de renoncement après cet intermède. Mais voilà, de cette relation longtemps réfrénée et qui les avait libérés - redoutable exutoire ! - allait naître Albin. Un enfant que Charles traitera de bâtard et qu'il élèvera comme tel, sans complaisance. Mylène ne laisse rien perdre de cette confession sans tabou.

La mine renfrognée, Noémie lui avoue que son mari a toujours aimé la jeunesse d'un amour violent, un amour qui détruit plus qu'il ne grandit. Et elle prend une pose désolée, comme si elle assumait le mal qu'il avait fait aux autres, incapable de l'en empêcher.

Mylène a de nouveau basculé dans ses pensées. Elle réalise que Julien a un demi-frère qu'il n'a jamais connu ! Il l'a peut-être appris ou deviné avant son accident fatal. Mais une telle révélation ne peut expliquer sa perte. « Pourquoi ? » s'entend-elle demander d'une voix affaiblie. Aucune réponse ne vient. Noémie allonge le bras, prend la main de la jeune femme avec la tendresse d'une mère. Puis des larmes courent sur les joues de la visiteuse et son visage paraît plus pâle encore que l'ampoule poussiéreuse de la cuisine.

La jeune veuve se lève brusquement, honteuse devant Noémie, une épouse privée d'amour, éloignée de ses enfants et toujours digne dans sa vaste propriété. A peine soulagée par Victor, un compagnon de misère qui rôde comme une ombre, dévoué aux chevaux et aux vignes et soucieux de maintenir dans sa gorge le goût raffiné du vin, son plus fidèle compagnon.

Quelle étrange petite femme aux nerfs d'acier et aux mains douces, songe-t-elle, isolée dans une grande maison cernée de bruits, d'ombres intrigantes et de menaces, aux abords d'une cave où le vin fermente dans des cuves profondes et tourmentées qui ont déjà donné la mort.

Au retour du mas dépouillé de ses hirondelles, le soleil enflamme encore l'ouest lorsqu'elle aborde les premiers virages, au bas du Mont-Faron. En prenant de la hauteur, elle distingue mieux les lèvres de l'horizon encore brûlantes de trop avoir embrassé le jour. Le dimanche garde jusqu'au bout les apparences d'un jour ordinaire, épanoui. Elle rentre chez elle, encore bouleversée par la confession de Noémie. Un demi-frère de Julien vit à quelques centaines de kilomètres d'ici, dans l'indifférence et abandonné à lui-même. À quoi bon fonder une famille s'il s'agit de vivre ensuite dans l'éclatement et le rejet de l'affection !

Après le décès de Julien, qui avait emporté avec lui son secret, elle avait pourtant rejeté l'idée de rencontrer la femme de Charles. La crainte de revivre de mauvais souvenirs et d'affronter un regard accusateur, même si elle était prête à endosser le mal fait par son époux. En effet, elle aussi avait compris, par l'attitude curieuse et les insomnies de Julien que quelque chose de grave s'était passé entre lui et son client. Au fond d'elle-même, elle ne voulait pas en savoir davantage. De son excursion au domaine vinicole, elle ramène l'image d'une femme attentive aux autres et au cœur généreux. Un exemple de courage et de ténacité, même dans le renoncement et le deuil.

Au fur et à mesure qu'elle approche de la villa, l'absence d'Océane redevient cruelle, omniprésente. Peut-être aura-t-elle enfin laissé un signe de vie sur le répondeur ! Mylène n'a pas eu la force d'errer de nouveau dans la ville, de sillonner les rues dans une autre quête aveugle.

Sa confiance est au plus bas lorsqu'elle ouvre le portail du garage et range sa voiture. En entrant par le sous-sol, elle est surprise. Une musique agressive et forte descend de l'étage. Elle ne souvient pas d'avoir laissé la radio, ni la chaîne hifi. Elle grimpe les marches en retenant son souffle, les mains moites.

La musique vient de la chambre d'Océane. Elle s'y précipite. Sa fille est allongée sur le lit, la face contre l'oreiller. Sans hésiter, elle s'assoit auprès d'elle, l'entoure de ses bras. « Ma petite fille », dit-elle d'une voix fluette. « Je suis si heureuse que tu sois revenue. » Elle l'embrasse sur le front, les joues, et ses lèvres recueillent le goût des larmes.

Océane ne réagit pas. Sa mère n'ose pas l'interroger. « Tu sais que je serai toujours là, auprès de toi », lui susurre-t-elle, alors que le chagrin de sa fille la contamine. Elle lui caresse les cheveux, le front et les épaules. Aucune trace apparente de blessure. Tout à coup, elle pense à la photo laissée sur le bureau. Elle s'en veut d'avoir fouillé dans ses affaires. Mais la photo de Mike n'est plus là.

« Parle-moi », dit-elle. « Tu m'as manqué, mais je ne t'en veux pas. Je suis là pour t'aider. Il faut me faire confiance. » L'adolescente reste cloîtrée avec son mystère et sa peine, le visage caché dans l'oreiller.

Mylène ouvre les volets de la chambre et arrête la musique. La lumière rougie du crépuscule envahit la pièce, mélangée à l'air frais du soir. Que faire de plus ? Les mots ne lui viennent plus.

Sur la table de nuit, Océane a posé le livre « Aziyadé » de Pierre Loti que son père avait lu et relu, et que leur fille avait toujours refusé de lire. Puis son regard est attiré par la corbeille à papiers. La photo du garçon est là, déchirée. Elle comprend alors qu'elle ne peut rien contre la violence du chagrin et referme la porte derrière elle.

Sa fille est saine et sauve. La nuit peut fermer ses lourdes portes. Océane est à l'abri.

24

C'est un dimanche différent, comme Mylène n'en attendait plus, un beau dimanche de juin ensoleillé et fleuri. Les premières cigales lancent leur chant strident à la cantonade et les vignes sont partout revêtues de leur nouveau châle de verdure : elles couvent discrètement leurs grappes. Voilà plus d'un mois que sa fille est de retour. Leur vie commune dans la villa blanche a retrouvé la sérénité.

Mais ce jour-là est encore différent des autres. On entend au loin le hennissement des chevaux et des rires de femmes. La discussion cesse. Les regards se tournent vers l'orée du bois. Mylène est légèrement anxieuse. Soudain, deux chevaux surgissent dans le chemin, les naseaux fumants. L'allure mal assurée, Océane trotte derrière Sylviane. Les cavalières échangent des regards complices.

Lorsque Sylviane lui a proposé cette promenade matinale, elle a accepté sans sourciller. Au retour, l'adolescente tire sur les rênes avec souplesse, comblée par sa performance de débutante. Avant de descendre de cheval avec l'aide de Victor, elle regarde sa mère. Un immense sourire éclaire sa figure novice.

La table a été mise sous les platanes pour un déjeuner en commun. Un peu à l'écart, un homme surveille le charbon de bois où se forment les premières rougeurs. Il a le geste lent et précis, le visage concentré. Une barbe de plusieurs jours lui donne un air négligé et absent. Mylène regarde avec étonnement Albin qui s'active devant le barbecue.

Elle n'a échangé que quelques politesses avec son beau-frère. Il se tient un peu courbé et en retrait, comme s'il redoutait le monde bruyant des humains. Après sa longue absence, il semble se réhabituer lentement à ses proches et au domaine familial. Il ne faut pas le brusquer. Il accomplit une sorte de renaissance, à trente-six ans.

Mylène se frotte les yeux. Tout cela lui semble irréel. Elle a un peu lâché prise avec ses souvenirs, et contemple d'un œil curieux cette nouvelle assemblée inédite, sur ce domaine autrefois berceau des hirondelles puis celui de ses tracas. Océane est en joie, ravie de ses débuts réussis de cavalière : son chagrin d'amour aux oubliettes.

De Sylviane, elle s'était fait le portrait d'une rivale, d'une femme prête à tout pour conquérir Julien. Pourquoi redouter désormais cette amazone au sourire simple et gracieux qui a fait d'Océane une alliée, malgré leur différence d'âge ? Et que penser de Noémie, visage d'ange sur terre et mains toujours tendues ? Elle veille sur sa tribu où même Victor, avec son nez rouge de clown triste, navigue avec aisance.

Tous sont réunis pour un repas bucolique sous les grands platanes où la souffrance et le malheur ont soufflé autrefois. Un déjeuner de retrouvailles, loin des frasques de la presqu'île et des extases de Bacchus gravées sur les parois de verre.

La maîtresse du domaine pose sur la table la salade niçoise et frappe dans les mains. Le déjeuner va sceller une nouvelle famille. Alors que les convives s'avancent, un bruit de moteur gronde dans l'allée. Un véhicule quatre-quatre noir soulève la poussière du chemin. Légère déception de Mylène, comme si le charme de la fête était brusquement rompu. Une nouvelle fois, elle réalise la fragilité des moments d'intimité et de bonheur qu'un rien peut anéantir.

Noémie s'avance vers elle, placide. Elle pose un bras délicat sur son épaule et l'entraîne à l'écart : elle lui parle à l'oreille. « J'ai invité René », dit-elle. « Tu ne m'en voudras pas ? Il l'a bien mérité, car c'est grâce à lui que nous sommes rassemblés aujourd'hui. » La jeune femme ne comprend pas ce que vient faire René dans leurs relations déjà bien compliquées.

La voix douce de Noémie déborde alors l'ombre de la fête et le chant obstiné des cigales. « Après l'accident qui a coûté la vie à Julien », dit-elle calmement, « René s'est senti responsable. N'est-ce pas lui qui l'a fait venir dans son entreprise et qui l'a poussé à travailler avec Charles ? Il me plaignait pour la disparition de mon mari, pour ce gâchis de vies humaines, comme il disait. Lorsqu'il est venu me voir, il en était malheureux.

Il avait honte de n'avoir pas su prévenir ces drames. Il avait besoin de parler. Je l'ai écouté. Et puis je lui ai dévoilé la parenté entre Julien et Albin. Aussitôt, il a pensé que nos familles devaient se réunir, affronter l'avenir ensemble et faire un pied de nez au destin. C'était pour lui une évidence ! »

L'hôtesse du mas soupire. « J'avais souri », dit-elle, « à la simplicité avec laquelle il voyait les choses. René est un homme de défi et de cœur. Il m'a dit qu'il allait s'en occuper. Il m'a demandé de t'écrire et il s'est chargé d'apporter les lettres, l'une à La Poste, l'autre directement. Ensuite, il a pensé à toi et à tes interrogations sur la vie de Julien, à ton enfermement dans le passé et aux questions sans réponses. Il a mené l'enquête à Paris et à Istanbul, grâce à son réseau de relations. Enfin, il a résumé fidèlement sur papier l'histoire vraie de Julien et éclairé ses zones d'ombre, et il l'a déposée dans ta boîte aux lettres. »

« René ne voulait pas tricher avec la vérité », ajoute-t-elle. « Il voulait que tu comprennes que Julien a toujours été un homme bon et dévoué, un professionnel de grande valeur. Il a été un époux aimant et un bon père, malgré les petites faiblesses particulières aux hommes. René tenait à nous aider, sans se mettre en avant. Il a toujours cru que les faits précis et les sentiments, lorsqu'ils sont sincères, suffisent à comprendre les comportements d'un être et à pardonner. Je dois reconnaître qu'il a fait preuve de bons sens et qu'il a eu raison. » Enfin, elle embrasse Mylène sur la joue, l'entoure de ses deux bras menus, durs comme des lianes. Aurait-t-elle déjà peur de la perdre ?

La jeune veuve fait quelques pas seule, pensive. Lorsqu'elle ouvre de nouveau les yeux et se tourne vers les convives, elle aperçoit René en tenue décontractée, un grand bouquet de roses à la main. Sylviane s'est changée et avance vers lui dans une superbe robe blanche. Près du barbecue, Océane est en grande conversation avec Albin.

L'inclinaison de tête et les gestes du berger lui rappellent étrangement celui qu'elle avait choisi. Elle essaie d'imaginer son élégance, une fois rasé et débarrassé de ce côté sauvage par lequel il se protège de la société. Elle éprouve une attirance pour l'homme discret qui se cache sous les atours du montagnard et qui lui fait penser à son demi-frère. Son ventre est alors traversé de picotements légers et elle retient un élan de jalousie à l'égard de sa fille qui partage les paroles d'Albin, tandis que le charbon rougeoie.

Elle se sent légère et détendue, comme si elle avait enfin digéré ce poids de l'absence qui pesait sur son cœur et ses pensées et sur chacun de ses gestes, sans renier pour autant sa précieuse mémoire du passé et son coffre à souvenirs.

Au centre de la cour se dresse le vieux pressoir arrosé de soleil et qui semble, pour l'occasion, avoir mis des habits de fête. À quelques pas de l'endroit où Julien avait commis l'irréparable s'élève un chapelet de rires et de sentiments partagés qui l'inspire. Elle voit sa fille heureuse dans ce grand « jardin des retours », un souvenir glané à Rochefort, et elle repense à l'antidote de Pierre Loti : « Mon mal, j'enchante ! »

René s'approche de Mylène. Il la salue puis lui dit à voix basse ses regrets d'avoir procédé par courrier anonyme. Dans son enquête discrète, il avait découvert l'implication de Charles dans l'accident de tracteur qui avait provoqué la mort de son beau-père. L'homme avait la rancune tenace et s'était vengé de la trahison de Noémie. Et René était arrivé malgré lui à la conclusion que le choix de son entreprise pour décorer la villa sur la presqu'île, un projet confié naturellement à Julien, relevait de la même démarche sournoise.

Après ces paroles, Mylène faillit perdre pied et connaissance. Elle prend appui contre un platane proche, puis elle détourne le regard vers un homme qui lui fait tant penser à Julien et qui entretient la braise. Décidément, elle reconnaît son attitude et n'a plus aucun doute sur la parenté.

Rien ne presse, mais il m'aura fallu trente-six ans, pense secrètement Albin, pour rassembler toutes ces preuves présentées devant vous et m'approcher au plus près de la vérité de mes parents.

Sylviane savait des choses. Elle en avait deviné d'autres, par la magie de l'intuition féminine. Dans ses jeunes années, elle avait interrogé en vain son père sur les encoches qu'il taillait au couteau sur le mât en bois du vieux pressoir dans la cour. Deux rainures bien droites et épaisses. Plus tard, il en avait ajouté une troisième, peu après l'accident du père de Julien.

Lorsque Sylviane avait questionné sa mère sur cette troisième saignée dans le bois : « Ne t'occupe pas des affaires des adultes », lui avait-elle rétorqué et elle n'avait pas pu ajouter un seul mot ni retenir ses sanglots.

Sa sœur avait fini par lui avouer un autre épisode troublant. Elle n'avait qu'une douzaine d'années lorsque Charles l'avait emmenée dans la cave et fait goûter plusieurs vins moelleux. Jamais la gamine n'avait bu d'alcool. Son corps à la pilosité intime et aux seins à peine naissants s'était mis à flotter. Mais une fois ses pensées vaporeuses dissipées, des images désagréables lui étaient revenues. Elle revoyait les grosses mains de son père s'attarder plus qu'il ne fallait sur ses courbes d'enfant. Elle s'était alors promis de ne plus accompagner son géniteur au fond de la cave sans la présence d'un tiers et sa vigilance à son égard s'était renforcée.

L'aide de René a été précieuse, reconnaît Albin, pour refaire le parcours de Julien dans le milieu professionnel du verre, et éclairer sa relation avec mon père. Sylviane n'avait pas réussi à le prévenir à temps des risques, malgré sa dernière lettre.

Lors de ses échanges intimes avec le vieux-pressoir, placé en sentinelle au centre de la cour, aurait-il perçu de lui-même l'écume mauvaise accumulée par ses décennies de veille, et deviné les intentions belliqueuses du maître des lieux ? Aurait-il compris ces marques sur le mât, attribuées par diversion à la foudre : trois fentes nettes taillées dans le bois ?

Albin étale fièrement la braise sur le barbecue avant de déposer les côtes de bœuf sur la grille chaude. Il entend dans son dos les rumeurs joyeuses de cette famille recomposée. Il retient ses larmes. Désormais, sans celui qui a tourmenté sa vie et qui l'avait rejeté dès sa petite enfance, sans ce père qui l'avait fait souffrir au point qu'il s'en était éloigné, il respire un air nouveau, celui de la liberté et du partage.

Au-dessus de la braise, ses yeux le piquent. Il réalise peu à peu la charge à endosser, entouré de quatre présences féminines. Mais il prépare avec enthousiasme cette ronde de joie que tous les invités vont partager autour du feu, avec le sentiment d'une famille réunie pour préparer ensemble les prochaines vendanges.

Non loin de là, Mylène regarde la fumée du barbecue s'élever vers les frondaisons des platanes. Elle essaie de lire ses signaux muets avant qu'ils ne disparaissent : une fumée qui emporte aussi vers les cieux le sacrifice de Julien. Elle tend la main, comme pour recueillir les cendres d'un espoir. Une main fragile et neuve, pareille à celle surgie de l'écume de mer qui retenait le foyer de la pipe, en Anatolie. Elle est cette « déesse blanche », son esprit purifié.

A force d'extraire les racines du mal, comme l'on arrache des ceps de vignes abîmés, il lui semble que la vie renaît d'une vigueur nouvelle. Et l'envie lui vient soudain de crier très fort : « La vie, j'enchante. »

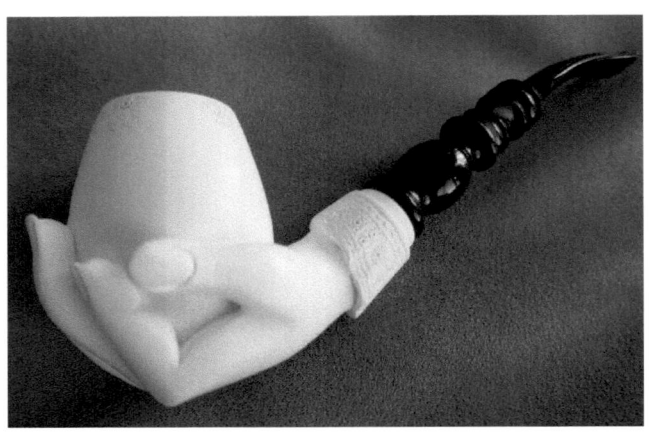

Imprimé par BoD (Books on Demand)
Norderstedt, Allemagne
Ouvrage au catalogue DILICOM, distribué par SODIS
Première impression en mai 2019